乡的愁

你在何方 到现在还没跟我讲
岸上的守候 穿梭在绿水青山的笑颜
转成了思念的乡愁 ——主编/悟澹

徐世尧 著

中山大学出版社
·广州·

Xiang de Chou

版权所有　翻印必究

图书出版编目（CIP）数据

乡的愁／徐世尧著．—广州：中山大学出版社，2019.9

ISBN 978-7-306-06565-0

Ⅰ. ①乡…　Ⅱ. ①徐…　Ⅲ. ①散文集－中国－当代　Ⅳ. ①I267

中国版本图书馆CIP数据核字（2019）第012970号

出 版 人：	王天琪
策划编辑：	曾育林
责任编辑：	曾育林
封面题字：	谈月明
封面设计：	亮图®设计工作室
装帧设计：	
责任校对：	杨雅丽
责任技编：	黄少伟
出版发行：	中山大学出版社
电　　话：	编辑部 020-84111996，84113349，84111997，84110779
	发行部 020-84111998，84111981，84111160
地　　址：	广州市新港西路135号
邮　　编：	510275　　传　真：020-84036565
网　　址：	http://www.zsup.com.cn　E-mail: zdcbs@mail.sysu.edu.cn
印 刷 者：	广州家联印刷有限公司
规　　格：	880mm×1230mm　1/32　8.625印张　200千字
版次印次：	2019年9月第1版　2019年9月第1次印刷
定　　价：	58.00元

如发现本书因印装质量影响阅读，请与出版社发行部联系调换

序 一

捡起散落的乡愁

宁 云

戊戌盛夏,我从国外考察回来,收到了徐世尧先生传来的《乡的愁》散文集目录和部分文稿,并嘱我为之作序。

与老徐相识大约有10年了,虽然平时很少见面,却常有微信交流。他是年龄长我一辈的人,曾编写《人文织里》《大港村史》《织里民间文化》《晟舍利济禅寺志》等地方文史,因此我感受到他对本土文化的挚爱。我还读过他的个人专著《记忆滨湖古镇》,字里行间充满对乡土的深沉感情。记得当年,本镇政府与区文联还共同为该书举行了主题为"心中的故乡"的首发仪式。我想,为这一类书籍写点文字,无论出于怎样的理由,都是无法拒绝的。

天气奇热,蝉声如雨。利用晚上休息的时间,和着空调送出的阵阵凉气,我打开电脑阅读起书稿来。"乡的愁"

乡的愁

这个书名就很是灼人，让我情不自禁地踏入了余光中先生的那首传世名作《乡愁》的意境之中。

《乡的愁》布局了 5 个小篇章。分别为"古镇文脉""萦梦老街""水韵溇港""乡愁处处""屐痕山水"，文章写作时间跨度近 10 年，大多为地方报刊曾登载，现结集成书。整部书稿中，除了"屐痕山水"篇是作者亲历的几篇游记散文外，其余写的全是本土的陈年旧事、历史人文、乡味乡情。他犹如一位白发老翁，在村子口的老槐树下悠闲地坐在斑驳的石鼓凳上，一手捏着竹竿做的旱烟管，一手摇着旧蒲扇，给一群孩子讲着古老的故事。从晟舍古镇到织里老街，从东迁故县到五湖书院，尽是古镇厚重的文化底蕴；自明代文豪凌濛初到当代名医毛先生，都是有情节有细节的动人故事。

2016 年冬，太湖溇港成功申报世界灌溉工程遗产名录，成了湖州市沉甸甸、金灿灿的一张名片。"水韵溇港"篇中，《溇港文化之古桥》《溇港文化之民间习俗》《溇港文化之寺庙与地方神灵》系列文章，有专家阅后惊叹这是独一无二的溇港文化。而在《浓了又淡——织里乡村的人文记忆》这篇随笔中，清水兜村昔日的"换糖换捻线"，云村村的"打鸟打野猫"，秧宅村的"卖黄莲头"，东湾兜村的"编草囤织渔网"，秦家港村的"竹丝箬帚饭烧簋"，还有郑港村的"醃制香大头菜"，这些已经消失了的特色产业和乡村历史，重新活生生地展现在读者的眼前。这可是我们曾经的乡村，是我们前辈的生活呵！

老徐对故土的历史文化求索是有目共睹的。这些年来，尽管已年老体弱，且肺部动了手术，但他坦然面对生活。他行走了太湖南岸的大多村庄，寻觅了许多古桥、老宅、寺庙，走访了村子里的许多老人，还查阅了许多地方史志，才能写出关于溇港的系列文章。这些文章也成为多个行政村文化礼堂和义皋"崇义馆"的文字资料。从某种意义上说，老徐是行走在这块土地上的"文化拾荒者"。作为在织里老街工作和生活了20年的他，老街是他人生中刻骨铭心的记忆，从十几年前的散文《织里老街记》，到2016年发表在晚报上的《魂牵梦绕的织里老街》《再话织里老街》等纪实文章，写出了老街的前世今生，寄托了老街人的感情和对老街新生的期盼，赢得了老街人的支持与共鸣。文章中给政府提出的老街改造和古迹保护的建议，已被纳入规划或作为参考意见。

读了《乡的愁》，我非常感慨，并产生了一些关于人文的想法。我觉得该书中多篇文章可以编入将来的《镇志镇史》，比如《东迁故县》《人文旧馆》《岁月沧桑话轧村》《晟织公路纪事》等。这些文章还可以编写成本镇的乡土教材。因此，非常感激老徐为撰写此书付出心血，非常感谢老徐为后人留下了一段文化记忆。

"半亩方塘一鉴开，天光云影共徘徊。" 2018年，是作者的70寿诞，我们谨祝徐老先生身体健康、笔耕不辍。预祝《乡的愁》成功出版发行。

捡拾散落在太湖南岸的乡愁，是时代赋予我们这一代人的责任。

是为序。

2018年8月

(本序作者系中共湖州市吴兴区委常委、织里镇党委书记)

序 二

地方文化是一个地方的人创造的精神财富，是一个地方的根基和灵魂，然而随着城镇的发展建设和统一规划，能彰显地方文化底蕴和特点的东西正逐渐消失，地方文化的灵魂常气若游丝，难以捕捉。幸好总有那么几个地方文化人，在默默奉献着自己的最大力量，坚持不懈地传承着一方文化，努力留住这个地方的根基和灵魂。

徐世尧老师就是这么一位值得我深深敬佩的文化人。他把文化传承当成自己的责任，四处查阅地方文献，实地探访人文古迹，对织里文化如数家珍。十几年来，他主编或参与编写《大港村史》《晟舍利济禅寺志》等多部地方文化著作。读《乡的愁》，你能感觉到织里这片土地的每个村港、每座桥梁都有他的足迹。在《乡的愁》中，你能找到织里的人文脉络，感受它的沧桑巨变，惊叹它曾经的繁华，痛心它的几番历劫。

因为研究晟舍名人凌濛初以及凌、闵二氏的套版印刷，我对"晟舍"这个明清时期"家家临水,处处瞰波"的江南水乡十分向往。20世纪90年代,我就曾陪同研究凌濛初的日本朋友踏上晟舍这片土地。那次真是失望而归,这个在晚明时期名噪一时的书籍集散地已纳入织里镇管辖,我们仅找到"晟舍"二字,只能喟然长叹。

2018年中秋节前夕,应织里镇人民政府邀请,我参加了凌濛初纪念馆展陈评审会,徐老师特地陪同我去晟舍盘渚漾绕了一圈。我伫立漾边,想象它晚明时期风光旖旎的模样,凌氏宗祠、凤笙阁、吹箫楼、盟鸥馆仿佛一一归位,那个风神秀朗、白衣飘飘、踪迹神秘的道士,恍惚影现在吹箫楼上。虽然见不到著名的太湖石美人峰,我却能在美人峰原址,聆听晟舍村支部书记闵锦水女士讲述此石被迁徙杭州时的情景。当年,连同底座和其他石头一共装了5船,当载着美人石的农船摇橹离去时,两岸围满了附近村落的乡亲。"空将汉月出宫门,忆君清泪如铅水",我仿佛看到美人峰石离去时依依不舍的泪水。而只有这样的寻访,才能捕捉住这个地方文化的些许灵魂。

也是因为研究晟舍凌、闵二氏,《乡的愁》中我最爱读的是"古镇文脉"这部分。科举考试屡试屡败的凌濛初,愤而作《绝交举子书》,打算在杼山、戴山间营一精舍,以归隐终老,并作《戴山记》《戴山诗》等以见志,卒后亦葬于戴山。郑龙采为之作《墓志铭》曰:"戴山之穴,实维公宅。"然而戴山具体在哪里,我茫无所知,很想寻访。

读了《古镇文脉》中《戴山—戴山塔—戴山庙会》一文，才知道戴山是太湖之阴的一座矮山，20世纪90年代前属织里镇辖地。小小的戴山风景优美，人文资源丰富。晋代大儒戴逵之子戴颙曾隐居于此，元明时期著名诗人杨维桢、张羽都有诗吟咏它。戴山还是佛教圣地，明代就有明义庵、金佛寺，山顶还有佛塔。文中还涉及有关戴山的许多民间传说，娓娓道来，韵味丰厚。还有《金盖山麓尚书墓》一文，徐老师一行爬得大汗淋漓，终于找到闵氏墓冢的情形，留给我很深的印象。特别是《故里盼归美人峰》，写出了织里父老乡亲对凌氏祖传名石美人峰的悠悠思念之情，弥漫着浓浓的乡愁。我幻想着，在地方政府的不懈努力、在地方文化人的深情呼唤下，美人峰最终回归故里，成为凌濛初纪念馆镇馆之宝，以绵延织里千百年之文脉。

读《乡的愁》，感觉徐老师与佛有缘，他与利济禅寺住持常进法师交往，参与编修《晟舍利济禅寺志》。瞻仰苏州灵岩山寺时，又有幸成为当代高僧明学长老的居家皈依弟子。记得当年我因寻访明末灵岩寺住持《弘储和尚》年谱，独自在寺庙转悠，听僧人说，现任住持明学长老是湖州人，很念乡情，故很想一见，问问寺庙藏书情况，可惜正值他午睡时间，加上无人引见，而天气阴沉，大雨将至，我只好匆忙下山。《山寺斗室谒明老》文中，明学长老的这一句话"我是湖州人，用不着同我说普通话"，朴实情真，让我如见其人。

与徐老师相识是凌濛初结的缘。记忆中是因为徐老师参与编撰《人文织里》，电话联系我，要我关于研究凌濛初研究的旧著。后来，由于织里建造凌濛初纪念馆，我两次受邀去参加活动，徐老师都亲自到高铁站来接我。还有一次是一个炎热的夏天，在湖城的一个茶馆里，他陪同织里文化部门负责人与我交流。他对地方文化的一腔热情让我感动不已。他做了很多调查与寻访，对织里文化远比我熟悉，但在编《晟舍利济禅寺志》时，他一如既往地谦虚，发初稿给我，让我提些意见。数年来，我们在文化上交流很多，但很少问及生活，就连他生病住院，有过那么一次大苦难，我也是读了《乡的愁》才知道的。天佑好人，他不仅顺利渡过了这场苦难，而且对地方文化传承的热情一点都没变。比如，《萦梦老街》《水韵溇港》系列文章都倾注了他深深的情感。因此，我想说，有了这样深爱故土的文化人，地方文化才不会彻底流失，才不会真正断层。衷心祝愿徐老师在传承文化奉献力量的过程中得到喜乐和福德。

赵红娟

戊戌八月望日于翰墨香林怡红斋

（浙江外国语学院教授，文学博士，浙江省中青年学科带头人，凌濛初研究专家）

目　录

一　古镇文脉

002 / 晟舍古镇

008 / 走近凌濛初

013 / 走读利济文化公园

018 / 陈溇五湖书院

024 / 东迁故县　人文旧馆

030 / 耀人眼球的家族——晟舍闵氏

042 / 守护利济禅寺的三位高僧

049 / 寻古大港村

053 / 金盖山麓尚书墓

058 / 故里盼归美人峰

062 / 岁月沧桑话轧村

068 / 戴山与戴山塔、戴山庙会

二 萦梦老街

076 / 织里老街记

082 / 梦绕魂牵的织里老街

090 / 再话织里老街

095 / 织里老街的人物脸谱

099 / 那个清癯的背影

102 / 老邻居

106 / 那片桑园

110 / 织里大队知青,40年后再相逢

113 / 毛先生——老梅虬影亦芳华

121 / 织里影剧院往事

126 / 晟织公路纪事

目　录

三　水韵溇港

134 / 寻访与溇港相关的丝丝印迹

140 / 太湖芦苇

144 / 太湖溇港之古桥

150 / 太湖溇港之民俗

157 / 太湖溇港之寺庙

164 / 乾隆年间的太湖石塘碑

167 / 伍浦村史馆里的记忆

170 / 守护溇港的芦苇

173 / 雨中游义皋古镇

177 / 漫话西山漾

四 乡愁处处

186 / 浓了又淡，织里乡村的人文记忆

194 / 大港村传统文化活动纪行

200 / 年味，从记忆深处飘来

203 / 秧宅村情结

207 / 追忆父亲

212 / 父亲与他的棕蓑衣

216 / 茶到淡处味犹在

219 / 文化站老同事聚会

223 / 湖城老北街怀旧

226 / 病房里的感动

231 / 东湾兜村的记忆

五 展痕山水

240 / 拜谒辛亥英烈墓

244 / 游走三峡

248 / 港澳印象

254 / 踏遍南粤访丛林

一 古镇文脉

玉树丰姿迥出尘 荣膺鹗荐谒枫宸
帆开黄冈桥边去 酒泛乌程馆里春
诗礼共传家业旧 文章亲试御题新
行台老我思君处 春草池塘入梦频

——明·刑部尚书闵·诗

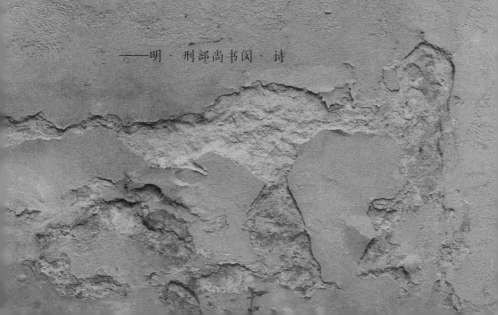

晟舍古镇

中国童装之都织里,地处南太湖之滨。晟舍古镇是其南大门。

有人说织里是块文化沙漠,也有人说织里文化底蕴深厚。孰是孰非,让我们沿着晟舍古镇,去寻找它的历史印迹,寻找它悠长的文脉吧。

今织里镇的辖地晟舍,在历史上是一个人文渊源深厚的古镇。在明朝正德至崇祯的150年间,闵、凌两族先后有五人担任刑部、礼部、兵部、吏部尚书。明清两朝,巴掌大的地方有31人考中进士,70多人考取举人。晟舍在明朝后期又是全国的雕版印刷中心,凌、闵两族独创的多色雕版套印曾经在中国印刷史上书写了光辉的一页。"书香蔚兴、人文荟萃",更是让晟舍古镇享誉海内。五尚书与诸多官场文人都有著作传世,而凌濛初的一部"二拍"更是中国白话小说的巅峰之作,近年被列为我国"十大古典名著"之一。

古镇文脉

唐代以前,晟舍这块土地上人烟稀少,到处是淤田沼泽,长满野草和芦荻,满目荒芜。传说唐代名将李晟曾驻兵于此,故被称为"晟舍",唐朝以后这里的人烟才渐渐增多起来。金兵侵犯中原,宋室南渡,闵氏从北方迁来。明朝中期,马、凌家属从练市迁来居住,人气开始旺盛。到明成化年间(1465—1487),晟舍已经成了市镇,被称为"湖州城东第一镇"。清代属乌程县常乐乡第二十九都。民国元年至十七年(1912—1928)称晟舍里,属苕东镇管辖。民国二十四年后(1935至中华人民共和国成立前)置晟舍镇。中华人民共和国成立初期先后属晟舍镇、云村乡管辖。1958年并入太湖人民公社,属云村管理区。1961年建立晟舍人民公社。1984年改为晟舍乡,晟舍村为公社和历届乡政府驻地。1993年9月撤乡并镇,晟舍乡并入织里镇。

古晟舍镇距湖州城东30里,面积东西横向11里,南北纵横12里。境内南北分为八庄,按乌程县顺庄法排列,是123庄至130庄。古镇地处南太湖平原水乡,河港如脉连绵,荡漾如珠散落。镇南紧傍荻塘运河,镇中有条市河晟溪,碧绿的河水由南而北穿镇而过,从而将古镇分为东西两大区域。镇域内有盘珠漾、万千漾、头巾漾、澄鉴漾(即陈家滩漾)等水漾,全镇大小河港湾兜水漾共70多条(处)。民居几乎"家家临水,处处瞰波"。

明代以来,古镇境内官宦府第连绵,文人宅居相望。

有连片的酒肆、茶楼、商铺、镇区条条衢港相通，不少亭台楼阁峙立其间。从龙门桥到莲花兜，有一条鹅卵石铺成的石路。市河西岸有闵氏孝子居住过的晓珠巷。南小港北岸曾有五名道员居住过，因而得名"五道前"。更有许多与官宦人文有关联的地名，如祠堂前、资政坊、南墙门、狮子巷等。

旧时，晟舍境内古寺古庙随处可见。据清同治《晟舍镇志》记载，有寺、观、庵、堂、庙、阁等29处，另有凌、闵两族的宗祠多处。除了千年古刹利济禅寺外，还有观音堂、三官殿、文昌阁、总管堂、土地庙和张仙殿等。

名胜古迹在当年的晟舍，是人们游览观赏的胜地。北小港有元代隐士闵天福筑造于私家别墅内的"聚芳亭"，文人骚客慕名相聚，饮酒娱欢，吟诗赋文。有明代刑部尚书闵珪的赐第达尊堂，礼部尚书闵如霖的大宗伯第，兵部尚书闵梦得的式宏堂，还有达官文人修筑的东皋草堂、贯一精舍、东琴书斋、桐荫轩等居所和读书处。而铁店桥畔的社坛四周桃李成趣，荷花相映。南塍的风景波光粼粼，颇有西湖风光的韵味。

晟舍的名胜古迹冠名极富诗情画意，洋溢书墨清香。诸如竹深园、逸老堂、浣香斋、致远堂、菊花圃、冷香榭、吹箫楼、盟鸥馆、水云居、凤笙阁等，我们已无法知道其间曾藏书多少卷，有多少才子佳人、官宦隐士曾经在此对世事人生做过哪些感叹。而在盘珠漾南岸，有凌濛初之父凌迪知修筑的适园，园内有一传世奇石美人峰，高有数丈，形似美女，织里老百姓称其为美女照镜石。此石在1966年被运往杭州，现保存于杭州西湖名胜区花圃公园，却蕴藏着多少故乡人盼其回归的情感。

牌坊和古墓是古晟舍身份与内涵的象征。自明代到清代，古镇上先后建有八座牌坊。匾额题字分别为勋阶极品、内台总宪、宗伯学士、赐尚方剑、苕雪流芳、百岁坊、节孝坊。随着岁月的流逝，这些牌坊或毁于战火，或损于自然风雨。

《晟舍镇志》记载，晚清时期，境内有名人墓葬55座（处）。其中，在南仁村有明代兵部尚书闵梦得墓，其门生黄道周撰墓志铭。云村南、潘杨桥北有吏部尚书闵洪学墓。芳莲兜附近有元代隐士、聚芳亭主闵天福墓。南仁村附近有清代兵部武选司员外凌鸣嗜墓等。这些墓葬庄严肃穆、松柏参天，神道两旁有石人石兽守护。

古石桥是江南水乡的灵魂。民国年间乃至中华人民共和国成立初期，晟舍境内的古桥仍然是星罗棋布，计有大小桥梁60多座。这些桥梁都有着非常吉祥和极具文化内蕴的桥名，如龙门桥、月影桥、马兰桥、莲花桥、万年桥等。

大多有历史典故和民间传说,如黄闵桥有黄、闵两氏原本同宗,为治水利而修造此桥的故事;花凤桥原名花腿桥,因明末巨盗郑九之女躲藏盘珠漾中,后被官兵发现捕捉,砍下其大腿悬于桥上示众而得名,后人改名为花凤桥,成为晟舍市河第三桥。黄闵桥西边运河的深水处,出产蛏子,冬春之交时渔人捕起,取其肉,用水洗净,蛏肉洁白如玉,放入佐料烹食,味道鲜美,被人称为"美人蛏"。

明清时期,晟舍镇商业发达、物产丰富。雕版刻书业兴盛而贩书业发达,带动"织里诸村民,以此网利。购书于船,南至钱塘,东南抵松江,北达京口"。(引自王国平《织里织里,桥上的风景》,载光明网,2018-09-11)镇上有鱼行五六家,山货行数家,茶坊酒店到处都有。每逢蚕市季节,镇上开设桑叶行多家。运河上、市河内帆舟穿梭,街路上行人如织。潘杨桥周围出产莼菜,名紫丝莼,做羹汤鲜美无比。古镇还出产冬春米、白爪菱、杜园笋等农副产品,农民自织粗绵绸、棉纱带上市销售。

晟舍古镇在历史上饱受战火创伤。元末张士诚抵抗朱元璋军队的前沿,明末又屡遭倭寇侵扰。清朝咸丰、同治年间,晟舍古镇损失害惨重,民房几乎被焚烧殆尽,百姓四散避难。1937年11月22日,日本侵略军从南浔水陆两路入侵湖州,一路烧掠,旧馆、晟舍被烧成一片焦土。

古镇文脉

60 年过去了。而今，晟舍故地蓬勃兴起，利济禅寺重建开放，童装交易市场商客云集，梦园酒店临荻塘而立。晟舍古镇作为中国童装名镇的南大门而昂首崛起。

文脉，在古镇的土地上延伸。

2009 年春

乡的恋

走近凌濛初

一座人文渊源深厚的利济文化城，在有识之士的努力奔波下，2009年春天终于破土奠基。若干年后，融历史文化与佛教文化于一体，它必将成为织里古镇的一处人文景观和旅游胜境。

看了地方政府主导绘制的利济文化城效果图，尽是古典园林式布局，建筑与风水的处理相得益彰。更让人欣慰的是，织里人翘首期盼的凌濛初纪念馆规划其中，提升了利济文化城的品位。

作为一代文豪的乡人，如何认识凌濛初，品读凌濛初？笔者以为首先要走近凌濛初。

凌濛初是怎样一个人？历史给其定位为明代文学家和雕版印书家。如果再加一个"忠臣义士"的头衔，也是名副其实的。

凌濛初出生于官宦世家，从小勤奋好学，饱览史书，而且诗词歌赋皆精。他青年时期才华横溢,名扬乌程故里。被朝廷大员耿定向"目为天下士"。

但命运往往捉弄人,凌濛初虽然少年得志,名声在外,看似前程无量,却塞顿考场,屡试不举。万历二十八年(1600),凌濛初第一次赴杭州参加乡试,尽管满腹经纶、落笔成篇,却以备榜落选。明代以八股取士,凌濛初对专讲八股制艺的"帖括"之学并不精研,因而注定了他在科举道途上的时运不济。后来漫长的20多年中,凌濛初又先后上杭州、南京国子监、北京国子监考试,结果屡遭挫折,终以备榜落选,因此他曾灰心消沉。

凌濛初一生著述丰富,总计有27种130多卷,有小说、诗歌、戏剧、评述等,按当时木刻版数量计,可谓著作等身。其中,最具文学价值、得到后人高度赞扬的是拟话本小说集《初刻拍案惊奇》和《二刻拍案惊奇》。

"二拍"分别创作于天启七年(1627)和崇祯五年(1632),是我国最早的文人独立创作的拟话本小说集,因而也奠定了凌濛初在中国文学史上的地位。"二拍"近年被列入"中国古代十大名著"。描写的对象大部分是市民阶层,书中以大量篇幅描写了江南农民的商业活动。描写男女爱情和妇女问题的题材也占相当比重,真实反映了明末的世俗社会和生活风貌,鲜明地体现了反抗封建礼教、争取个性自由的时代精神,其社会作用是鼓励人们挣脱封建礼教的束缚,追求自由和幸福。后人评价它是明代写实小说的代表作。

凌濛初在中国印刷史上占有一席之地,是因为他首创了多色套印乃至五色套印。湖州作为当时全国三大印书中心之一,晟舍是湖州的刻书之乡。凌、闵两族,刻印工程之巨、销量之大,史书颇多记载。而凌濛初在总结族人二色套印的基础上,首创了多色印版,正文与评语分色标示,而且纸墨皆优,装帧精美,受到了读书人的欢迎。著名文学家、评论家郑继儒先生说:"吴兴朱评书籍出,无问贫富,垂涎购之。"可见当时的热销场面。晟舍凌氏、闵氏的套版印刷,与雕版印刷、活字印刷并称为中国印刷史上的"三变",是中华印刷史上灿烂的一页。

凌濛初虽然在文学和经商上取得了成功,但他官宦世家的出身和封建文人的功名思想根深蒂固。入仕救民、耀祖光宗的念想是他追求人生价值的主要坐标。崇祯七年(1634),他又赴京谒选,以副贡授官上海县丞。

县丞是八品小官,相当于现在分管财政和治安的副县长。当时明王朝已内忧外患、风雨飘摇。上海县地处海涂,盐税管理十分混乱。凌濛初上任后,勤于职守,创立"井字法",在短期内把盐政治理得秩序井然,一举铲除了官府长期头疼的弊病。明末,社会动荡,民不聊生,盗贼四起,漕运成了朝廷的重中之重。他虽然官职卑小,却恪尽职守,亲自督运,多次出色地完成运送皇粮的任务。他还据切身体验,撰写了《北输前赋》和《北输后赋》,受到上司赞赏。

凌濛初在上海为官八年,勤政亲民,成绩卓然,被提升为徐州府通判。赴任之日,上海各界"卧辙攀辕,涕泣阻道者,踵相接也",场景感人,足见其为官深得民众之心。在徐州任上,他分管房村,治理黄河。他亲自实地考察,访问调查,发现春季连续大量降雨是关键所在,洪水泛滥成灾,淹没农田,致使两岸民众流离失所。他就与朝廷负责治河的官员研讨对策,实施治河方案,在两岸构筑防洪堤埂,有效地阻拦了洪水的冲击。房村治黄成功,他名声再次大振,受到两淮巡抚的多次褒奖。

凌濛初才华凸显之际,正是明王朝行即将覆亡之时。李自成、张献忠的农民起义军分别从陕甘、四川进兵中原,势如破竹。而淮徐地区的义军也声势浩大,官府难以征剿。作为地方官吏,他忧心如焚,殚精竭虑地向朝廷进献《剿寇十策》。朝廷采纳后果然奏效,连挫敌方,这支义军的首领最终接受了他的招抚。

凌濛初最终殉职于徐州任上,场景甚是悲烈。崇祯十七年(1644)正月,李自成在西安立国号"大顺"。随即挥师东进，攻克太原、大同直逼京城。而徐州地区的农民义军也风起潮涌，攻打徐州。同时亦将房村层层围困，他率众坚守，心力交瘁，呕血不止。他深知自己命不保夕，无力回天，让人扶他到城楼与义军对话，恳求不要伤害城中百姓。崇祯十七年（1644）正月十二日，他呕血而亡，时年64岁，后来葬于本市戴山。

凌濛初的结局虽然是个悲剧，但其为人为文为官，都是应当肯定和赞扬的。历史会永远记住他，故乡人民更应当记住这个引为自豪的名字：凌濛初，字玄房，号初成，别号即空观主人。

2009年4月28日

一 古镇文脉

走读利济文化公园

笔者早年读过《桃花源记》,对陶渊明笔下"土地平旷,屋舍俨然。有良田、美池、桑竹之属。阡陌交通,鸡犬相闻。……黄发垂髫,并怡然自乐"的田园意境非常羡慕和向往,曾渴望晟舍再度展现元代隐士闵天福修筑的聚芳亭般的园林。而踏进今天的织里利济文化公园,似乎真的找到了一种穿越时空的感觉。

占地400亩的利济文化公园,由寺院、水漾、亭阁、名人纪念馆、英烈雕塑、文化广场和艺术场馆组成,是集佛教、旅游观光、文化传播、艺术交流、城市书房、体育锻炼于一体的公共场所。

园内最负盛名的景观是双寺峙立。晟溪水拐弯流进老坟漾,蔚蓝的天空祥云飘游,悦耳的梵音隐隐传来。水漾两岸,利济禅寺与布金寺南北峙立,构成了罕见的佛教禅宗景观。

利济禅寺始建于南朝宋元嘉年间（424—453），初名"慧明寺"，高僧法瑶开创山门。元末毁于战火，南轩法师于明宣德年间（1426—1435）重建，并易名"利济禅寺"，为湖州古代"四大丛林"之一。清咸丰年间寺院又毁，织里人集资于光绪十六年（1890）重建竣工。1960年后改为国家粮仓。1999经湖州市民宗部门批准易址恢复重建，2001年竣工开放。恢复重建后的利济禅寺占地60亩，四面环水，绿树掩映。佛殿恢宏，佛像庄严，信众广聚，香火旺盛。寺藏文物有清《重修利济寺碑记》、慈禧题"藏经阁"匾、民国《利济寺斋田碑记》。利济禅寺历史上有多位高僧住持，如蕅益禅师、玉林通琇大师等。现任住持常进法师，集十方力量于2015年完成菩提宏愿，编撰出版了《晟舍利济禅寺志》。

布金禅寺原址在太湖边的乔溇村。五代时，吴越国钱王始建于广顺十年（960），初名"观音院"。宋治平二年（1065）赐额布金寺，规模宏大。清咸丰十年（1860）寺毁，同治年间僧朗润重建，曾在寺内设"太湖救生局"，光绪年间僧云亭续建。"文革"中寺毁，1995年织里人重建。2001年迁移到晟舍现址。现在的布金寺天王殿面宽五间，重檐歇山顶。大雄宝殿面宽九间，高20多米。大雄宝殿内供奉卧佛，全身鎏金，长18米，高4.8米，重达22吨，为亚洲之最。大殿壁塑罗汉500尊，栩栩如生。天王殿与

古镇文脉

大雄宝殿中间,竖立一尊五米高的玉石观音像,似乎为世人指点迷津。

布金寺东隔一小溪,有始建于明代的古性庵,掩映在绿荫丛中,自成一体。

明代文学家凌濛初纪念馆位于文化园东侧显要位置。纪念馆建筑面积近2000平方米,全由地方政府投资建造。凌濛初是世界级的历史文化名人,他的雕版多色套印,在中国印刷史上占有一席之地。凌濛初纪念馆是织里镇的重大文化工程,用传统和现代科技手段设计、布置纪念馆,全方位展示凌濛初的生平业绩和文化贡献。

利济文化广场,占地3400平方米,东傍佛仙路,南邻凌濛初纪念馆,西北与布金寺、利济禅寺隔漾相望,是供游客参观凭吊和市民开展文体活动的场所。广场上的四尊雕塑,代表了古晟舍镇"冠簪绳继,书香蔚兴"的文脉延绵。

面东左侧雕像是明代文豪凌濛初,右侧是清代名宦闵鹗元。面朝广场前方右侧的雕像是晟舍闵氏家族八世祖、明代刑部尚书闵珪。220个字的《晟舍闵氏家训》至今还在警示后人。左侧是凌濛初之父凌迪知雕像,这位学富五车的大儒,厌烦官场的倾轧互斗风气,38岁时就辞官告老还乡,在晟舍故宅闭户著书34年,著作等身,开雕印行,流传后世。

中秋前夕，多位专家学者看了广场雕像后，留给织里镇主政者及分管文化工作的领导一些建议。雕像已展示了织里镇的文化元素，如再加上《明史》里记载的"忠臣义士"凌义渠、布衣雕版印书家闵其伋的雕像，则给游人留下更深刻的历史印象。

辛亥革命英烈姚勇忱的雕塑置于广场西北侧。这位在织里老街走出去的革命家，早年求学于杭州蚕学馆。不久，应鉴湖女侠秋瑾之邀，他到绍兴大通学堂任教。后加入反清团体光复会，与王金发等密谋起义。事败，秋瑾遇难，王、姚侥幸脱身。武昌起义成功，姚勇忱任中华民国临时政府参议员。袁世凯称帝，"二次革命"爆发。姚勇忱率先向全国发出"讨袁"通电，遭袁政府通缉而逃亡日本，结识了孙文、陈英士等人。1915年回上海，被昔日好友、时任浙江都督的朱瑞诱骗到杭州，与王金发双双被捕。面对袁党的威逼利诱而坚贞不屈，1915年7月2日于杭州陆军监狱就义，年仅35岁。1916年，民国政府追认姚为辛亥革命烈士，蔡元培先生题写墓碑，柳亚子挥泪写悼诗。近百年来，姚勇忱墓经历数次搬迁，现安置于杭州龙井山麓的辛亥革命纪念园。

姚勇忱塑像由中国美院教授设计，织里镇政府投资安置。塑像风尘仆仆，似在奔走号呼。姚氏后人多年呼吁，家乡人民殷切期盼。英烈终于魂归织里。

在利济文化公园内，还有多个文创单位，如小美院、将军书法楼等。织里镇城市投资集团公司受命管理和运作该园。总经理朱新铭告诉笔者，入驻文化公园的单位定位在"文化"二字，政府以廉价的租金给予支持扶助，希望培育出文化精品，众手打造一座颇具影响力的文化大镇。

暮色苍茫，文化园内灯光闪亮，一群身影正随着音乐矫健起舞。河漾里映着的楼阁倒影，仿佛在告诉人们：一方水土，一脉文化，一座家园……

2018年中秋

陈溇五湖书院

"千古兴亡多少事,悠悠。"《吴兴溇港文化史》出版发行后,国内研究溇港文化的学者和媒体持续增加。因五湖书院是其中的一个重要内容,笔者早就想写篇与之有关的文章,却苦于手头资料欠缺而无法动笔。3年前,笔者曾经找到几位了解书院外围情况的老人谈访,颇有收获,但很难寻到一位曾经在书院读过书、今天尚健在的老人。近日,在织里名医毛先生的帮助下,终于找到了94岁高龄的陈劼卿先生。老人讲述了许多民国年间他在五湖小学读书时的往事,终于让我实现了写好这篇文章的夙愿。

陈溇村在清末民初不是因为清政府设在大钱的巡检司于光绪年间迁移到了陈溇而声名远播,也不是因为民国初年的《吴兴县全图》赫然标注着"陈溇市"而提升了规格。陈溇的知名度恰恰是因为五湖书院的创立和延续,而影响着整个太湖溇区乃至湖州府全境。

自北宋胡瑗先生创办了富有特色的湖学后,古城湖州的教育事业在全国鹤立鸡群,几百年来经久不衰。晚清年间,湖郡东南的大镇办起了几座学校,兴教之风延伸到了乡村。而此时北滨太湖的三十六溇地区,却无一所正规学堂。邑绅徐有珂写信给曾任苏州知府的名宦吴云,表达了乡民设想在太湖溇区创办学堂的愿望,得到了吴云和地方义士的大力支持,纷纷解囊捐款,借用吴江峰太守故宅办起了书院。因紧傍南太湖,书院以"五湖"冠名。五湖书院还得到地方官府的支持。方志记载,新任湖州知府宗源瀚为五湖书院捐上了自己的工资,并提议丝捐善后款项下每包丝拨一元给郡县各书院。五湖书院得其中六分之一,并且连续拨了3年。用现在的话来说,五湖书院颇有民办公助的性质。最难能可贵的是,宗源瀚知府离任后,继任知府杨荣绪延续了助学政策。

五湖书院创立后,聘请徐有珂担任主讲。徐有珂(1820—1878),字韵雪,号小豁,乌程东阁兜(现吴兴区织里镇常乐村)人,清同治六年(1867)举人。据徐氏后人称,"文革"前,其家族还保存着徐有珂等先祖的画像,但在"破四旧"时连同遗留的书籍皆付之一炬,现在想想真是十分惋惜。徐有珂是溇区有名的孝顺之人,中了举人之后,因母亲年迈而拒绝担任官职。东阁兜距离陈溇不到三里路,徐有珂每逢农历初一、十五,皆步行至书院为学生授课。教室分时艺、经学两斋。徐先生教育有方,制定了很有效的学校管理制度和对优秀学生的奖励办法,五湖书院因此声名远扬。徐有珂学识渊博,在五湖书院任教的同时,还佐助知府宗源瀚修撰《湖州府志》,负责《舆地》《经政》等。清光绪四年(1878),又佐修《乌程县志》,但未修完就逝世了,享年仅59岁。徐有珂著有《湖阴汗简》八卷,分简上、简下、简末、补遗,专记太湖南岸之事,上海图书馆有藏。

据吴云《创建五湖书院碑记》描述,"就陈溇吴江峰太守故宅建五湖书院,前为大门,少进为仪门,内为厅事,由堂涂进为讲堂,额曰'崇礼敦本也'"。吴云致仕后居太湖钱溇,距陈溇咫尺。他不仅为创办书院带头捐款,还以织里人的身份为书院撰写了碑记。以吴老先生是晚清名宦,又是金石家、书画艺术家的身份和名望,为五湖书院增添了一层光彩。至于碑上所记的吴江峰太守是何许人,笔者在伍浦村询问了好多老者皆说不知。方志及网络一时也查找不到,只查到太守官职"始于秦而止于隋"。笔者想,之所以称其为"太守",估计是对吴氏的尊称。五湖书院办到清王朝终结仍然在延续,为溇港区域培养了不少人才,可以说是三十六溇区域教育史上的里程碑。

民国肇始,陈溇五湖书院被列入地方政府的教育规划,易名"五湖小学",但村里老百姓依然称其为"书院",至今依然。据世居陈溇、年逾90岁高龄的沈勤生先生回忆:"书院在我祖父辈就有了。我虽然没进书院读过书,但在

一 古镇文脉

书院旁边长大,从小就耳濡目染书院的状况。"在沈勤生先生的记忆中,学校的建筑格局与《创建五湖书院碑记》中记载的基本相似。"书院坐北朝南,东面有吴氏祠堂。前面三间,中间有很大的院子,通道上铺石板,还有一个很大的操场。后面也有3间,再往后的大厅是楼屋,楼房前有一棵很大的枇杷树,校址总面积超过1000平方米。当时校内的学生估摸有200多人,四五名教师,其中有两名是南浔人,陈溇村的应年老伯曾在学堂里烧饭和看门。学生们经常在院内操练,手中拿着木棒或木头做的枪,陈书金当教官,又喊口号又吹哨子。日本人来了,书院曾停学过一段时间,野鸡部队也在书院驻扎过,还绑票了一个温州富户家的小姑娘,关在隔壁的地主家里看管,逼她家人拿钱来赎人。后来绑匪拿到了财宝,就把小姑娘放了。"老人对当年的情景记忆犹新。

陈劼卿先生,1923年出生于太湖钱溇,少年时曾在五湖小学读了一年多的书。抗日战争爆发后,奉父命去上海当学徒,1979年从上海天一织染厂退休。老人现寓居织里镇浒泾港旁边的商品房,除了右眼残疾外,耳聪体健,思维清晰。当笔者说明来意后,陈老的话匣子一下子打开了:"民国二十五年(1936),我14岁,在五湖小学读书。当时有6个年级,校长钱八金是蒋溇人,60多岁,戴着眼镜。学校实行新式教育,课程有语文、算术、图画、体育、唱歌等。

每周上6天课，早上7点上课，附近的学生中午回家吃饭，较远的学生在学校蒸饭，自带小菜，大多是蔬菜或者是一个鸡蛋，下午4点放学。书学费也较便宜，读一年书好像是一块银圆。校内靠近东面的陈溇港边有个篮球场，面积很大。校内的厅屋很大，还有很长的走廊。院内有棵古老的桂树，枝叶伸出院墙，桂花开时，整座学校都飘香了。"陈劼卿先生还记得学校西边的石弄堂悠长悠长，东面的小溇港旁边设有检查站，职责是检查进出南太湖的船只。

抗日战争胜利后五湖小学继续开办，学生人数有所增加。到中华人民共和国成立，五湖书院走过了80年的历史。中华人民共和国成立初期，人民政府的干部在书院内办起了夜校，主要职责是为村民扫除文盲。沈勤生老人还记得当年夜校里的课文中有句是："社会主义是天堂，没有文化爬不上。"那时的青年人学文化的热情很高，男男女女有几十人，村里开大会和重要的活动都在书院内进行。

五湖书院在"大跃进"期间被彻底毁弃。据伍浦村的村民回忆，书院的砖木被拆下来后，运到别处建造机埠，建造生产队的养蚕室和畜牧场，古宅墙基的块石也陆陆续续被村民挖掘殆尽。书院的遗址现在成为一片桑园和几幢现代民居。

从创办到湮没，五湖书院经历了清代同治、光绪、宣统、民国等多个时期。它在湖州的教育史上刻下了很深的印记,书院的创办者也在地方志史上留下了芳名。而今天,当人们在书院的遗址上徘徊踏步,或者伫立在千年古刹利济禅寺旁,阅读那块移置于此的"创建五湖书院碑记"时,也许会发出声声沉重的叹息。

2013 年秋

乡的愁

东迁故县　人文旧馆

"沿堤波浪涨新痕，沽酒停桡醉一樽。茅屋临溪桥压水，人家都在绿杨村。"这是清代诗人、方志学家汪曰桢《旧馆村小泊》描写东苕溪运河沿线村居的景色。诗中提到的旧馆村，则是建立于六朝时期东迁县的旧址。而今，荻塘南岸是南浔区治下的旧馆镇，荻塘北岸则是吴兴区织里镇所辖的旧馆村。

荻塘水滔滔东流，昼夜不息，仿佛向人们述说着东迁县和旧馆镇的如烟往事。

清乾隆《乌程县志》载，晋武帝太康三年（282）乌程县分西乡地置长城县（今长兴），分东乡置东迁县。2004年方志出版社出版的《人文织里》较为详细地记述，故东迁县治设在今织里镇的旧馆村，是当时东迁县的政治、经济、文化中心。到隋开皇九年（589），又并入乌程县。由此计算，东迁县经历了308年的历史。

古镇文脉

古东迁县幅员辽阔，东西约 100 里，南北约 120 里。县境东至今江苏吴江市的平望，西到孺山（西余山），北达太湖之中的东、西洞庭山，南到今德清县新市镇。今吴兴区辖区当时大多属于东迁县。乌镇、练市、新市、双林、菱湖、南浔等镇志都有当时关于东迁县的记载。东至平望，则在湖州天宁寺唐乾符六年（879）的经幢中有明确记述：施主芮文琛系"大唐国浙西道湖州乌程县澄源乡宜阳里住居平望驿南"。唐会昌元年（841），湖州刺史张文规曾在写给刘环中的一首诗中，把同一境内的名酒和名菜连在一起吟咏："待醉乌程酒，思斟平望羹。"直至唐天复二年（902），唐昭宗封地方军阀杨行密为吴王，杨行密建吴国设都于扬州，凭借武力不断扩地。至五代后梁开平三年（909），即吴越天宝二年（910），在吴国的威胁下，弱小的吴越国将乌程县东境澄源乡及震泽乡之半割给吴国，平望才与乌程分离。平望在唐代属乌程县，隋开皇九年（589）前属东迁县。

湖州境内古代的交通运输，"陆则荻塘，水则运河"。当局为了加强运输管理，以及接送官员和名流，在荻塘沿途设置馆驿。唐大历年间（766—779），湖州刺史颜真卿因太湖馆址在东迁县治，遂改名为东迁馆。贞元七年（791）刺史于頔在城东 18 里建升山馆，又因升山馆和东迁馆距离太近，将东迁馆东移 20 里至严村。原东迁馆所在地便称为"旧馆"，这就是旧馆名称的由来。 据《乌程县志》卷一及《汪曰桢东迁考》记述,"晋立东迁县凡三百余年始废""其县治在城东四十里之旧馆"。旧馆位于湖州东18千米,318国道南侧,荻塘运河穿镇而过,河上原有三孔石拱桥观音桥,1962年拆除,代之以横跨荻塘的水泥钢架公路桥。

在历史的长河中,旧馆镇历尽岁月沧桑,饱受战火摧残。

宋室南渡,旧馆老百姓深陷兵祸。

元末,张士诚与朱元璋逐鹿湖州。1366年8月,张士诚调派援军驻旧馆防守,10月被朱元璋部将徐达攻破,六万大军被歼。张士诚手下大将张虬阵亡,墓葬于旧馆(清同治《湖州府志》《湖州古代史稿》有载)。

清朝末年,太平军晟舍保卫战,旧馆因与晟舍毗连而殃及池鱼,列入前方战场,首当其冲。

而人们记忆最为深刻和惨痛的是1937年日寇侵华,旧馆镇遭到了惨绝人寰的屠戮。

1937年7月7日,宛平城发生震惊中外的卢沟桥事变,日本军队全面侵华,抗日战争全面爆发。11月5日,侵华日军11万人在金山卫长约15里的海滩偷袭登陆,中国军队虽组织抵抗,但难御强虏。日军沿湖嘉公路(今318国道)西进,一路烧杀抢掠,旧馆、晟舍沦为焦土。据湖州市政协文史资料委员会编第十三辑《爱国主义的凯歌——湖州

一 古镇文脉

人民抗日斗争史料》载，1937年11月24日，日军侵占了湖州，沿公路的施家桥、菁山、埭溪以及八里店、升山、晟舍、旧馆等大小村镇，都被日寇放火焚烧，旧馆、晟舍等地所有房屋被焚毁为一片焦土，片瓦无存。在日军疯狂的摧残之下，凡是铁蹄所到的地方，成千上万无辜的民众丧失了他们的家园。据地方史料记载，吴兴县旧馆镇全镇民房被焚殆尽，民众死500多人。沿塘路的老百姓成群结队到太湖边上避难。此后，旧馆大伤元气，一度难以恢复。20世纪60年代初，我随父亲到旧馆，看到少量的商店和民居都是茅草房。见我好奇，父亲告诉我，这里原先是繁华的集镇，东洋人造反时，把这里的房子都烧了，才变成了现在这个样子。

古东迁县废除至今已有1400多年。岁月非常无情，十之八九的旧馆人已不知道这里曾经是古东迁县的县治旧址，也不知道"旧馆"之名始于哪个朝代。但有两处历史遗迹却依稀镂刻着古东迁县的斑驳印迹。塘北岸荻塘碑亭往西数十米，有一条悠长的弄堂，人们沿袭古名，依旧称它为"县弄"，弄堂两侧住着好几户人家。有位老人说，"县弄"的名字是老一辈传下来的，一直都这么叫。距旧馆老街两华里的杨家寺前自然村，至今还有一座单孔石拱桥名"故县桥"。织里镇第三次文物普查资料记载着："东西向，单孔石拱桥，整体用花岗岩，拱券为分节并列式砌置带券睑石，系梁端首皆抹角，金刚墙错缝平砌，楹联字迹模糊不清。桥额阳文楷体'故县桥'。桥通长16米、宽2米。"这两处让人既辛酸又欣慰的古迹蕴藏着多少不为人知的历史故事？

近日，笔者去旧馆看望一位故友，特地在荻塘北岸的老街走了一遍。令人高兴的是，建于民国十八年（1929）的荻塘碑亭，已由湖州市文保部门修复如初,砌置于北墙的《重建吴兴城东頔塘记》碑已挖掘出来竖立于碑亭正中。民国十二至十七年（1923—1928），南浔富商庞莱臣倡议以水泥砌石修荻塘。众议赞同，遂成立塘东董事会。工程自旧馆之东塘桥东至南浔西栅口，西至湖州城东二里桥，全长约33.5千米（其中今织里段约10千米）。施工中，塘岸砌石以水泥嵌缝，岸上用水泥压栏石，使之坚固，塘路整齐。两岸民众出力，浔、湖商界及民众助资，共筹银82.3万余元，其中，南浔庞氏先后捐资9万余元。为褒扬此举，民国十八年（1929）在旧馆建頔（荻）塘碑亭，立"重建吴兴城东頔塘记"碑石。碑高约3.5米、宽1米，阳面刻碑文，阴面列捐款单位、姓名、金额及收支清单。这块石碑曾被砌在亭子北墙之内。民国时，许文浚撰写《重建吴兴城东頔塘记》碑文，简要记述了荻塘为晋太守殷康始开，唐代刺史于頔重筑，及以后历代府守修筑经历。"塘路绵长七十里，塘北田庐之保障也"，碑文尤其详细地记述了此次重修荻塘的缘起、组织机构、筹资、施工的经过。碑文由江宁邓邦述书并篆额，吴县周梅谷刻。

随着时光的流逝，一些并不久远的建筑也成了古迹，譬如建于20世纪50年代的义皋茧站已被批准为"湖州市重点文物保护单位"。在荻塘碑亭西侧，我们不经意间，发现了20世纪六七十年代建造的3间平房。看似为外地民工的租住房，而门额上竟有"旧馆客运码头"6个大字，虽然有些残缺，但仍清晰可识。这个客运码头原是湖州开往上海的轮船停靠站，在农村集体化年代，荻塘两岸的农民到上海，都要到旧馆乘晚班轮船。他们把鸡、蛋、鱼肉、百合之类的农副产品带到上海，或送亲友，或到贸易市场贩卖，可以换回香烟、糖果、布料等商品。原上海知青朱麟谊回忆："当年在旧馆乘轮船的时间是傍晚6点，票价是二元五角，次日凌晨到达上海十六铺码头。有时，我一个月要往返几趟。"如今，上海班轮船与旧馆码头的往事已成为人们的美好回忆。

呵，旧馆，一座蕴含千年历史的故县遗址，一座让人们永久回味的新兴小镇。

2017年劳动节

耀人眼球的家族——晟舍闵氏

宋室南迁，黄闵结姻

在古荻塘上，有一座建于宋代的黄闵桥。黄、闵为晟舍古镇的大姓，桥东为闵氏栖地，桥西为黄氏所居。民国二十年（1931）出版的《双林黄氏支谱》刊有黄笃初先生所摄《晟舍黄闵桥》照片一幅，记述了黄闵同宗的由来。

南宋嘉定年间（1208—1224），福建黄氏的第十五世孙黄和浦，官居监察御史，钦命巡按浙江。黄遂自福建迁居浙江乌程（吴兴）之晟舍。黄和浦出身书香门第，是宋代文人、书画大家黄庭坚的曾侄孙。黄和浦的父亲黄干，"福建闽县人，志坚愚苦，受业于朱子（朱熹）"。朱熹很赏识黄干的才华，把女儿许配给黄干，并把自己的著作交给黄干保存。黄和浦是朱熹的外孙，从小受到外公的影响。当时的晟舍为湖州城东重镇，户口繁滋，人文荟萃。作为巡按浙江的监察御史，黄和浦身负考核吏治之重任。而他选择山清水秀、交通便利的晟舍作为安身之处，可以看到他对仕途艰辛多变，身后便于退隐田园的考虑。

黄和浦深得朝廷信任之时，也有他的遗憾和忧虑。他娶妻萧氏，只生一女，并无子嗣。但他并没有"纳妾生子"的念头，而是选择了他外祖父朱熹的做法，招一个称心的女婿，把自己的事业、学业交付于他。

黄在晟舍结识了一位运粮官——闵和平。闵祖籍山东，因输粟领"将仕郎"，来到浙江乌程。他是山东闵氏五十世孙，受皇命来到浙江运粮，大家都以其职务称呼他为"闵将仕公"。他的后代给他冠了一个吉祥名字，叫"闵和平"，取"阖族和平之意"。《闵氏宗谱》记载，宋宝庆二年（1226），闵和平曾"扈跸临安"（即南宋都城杭州）。闵和黄相识后，逐渐有了共同语言，而且也需要相互扶持关照。黄和浦无子，而闵和平有两个儿子。大儿子闵仁心为人忠直，闵和平让其入赘黄家为婿，结下了儿女亲家。闵仁心从此变为黄仁心，延续了黄氏后代。而次子闵仁则仍从闵姓。黄闵两家分居于晟溪东西两岸，中间相通的一座桥，从此便称为"黄闵桥"。

闵仁心改为黄姓，生了儿子黄天衍，天衍生了5个孙儿，可算是子孙满堂。而弟弟闵仁则虽有一子，却无孙儿，闵氏面临无后的危机。黄天衍便按照族规，让他的第五个儿子黄应逊复了闵姓,更名为闵应逊,以传承晟舍闵氏香火。闵姓从此又兴旺起来,人才辈出,入仕途者颇多。闵应逊的后人闵珪(1429—1511),官至刑部尚书。闵珪晚年曾写下《黄闵共勉》的七律诗,勉励后辈,不忘先贤,早振家风。

  黄闵传来本一宗,两家文运竞登庸。

  大参乡史先黄姓,都宪尚书后闵公。

  爵禄连叨君泽厚,诰封屡锡祖恩荣。

  诸孙休堕青云志,早继书香振古风。

  黄、闵两个家族在晟舍繁衍生息,子孙绵延。明朝万历年间(1572—1620),黄氏十一世孙黄仰适率黄氏家族自晟舍迁居双林镇。黄氏子孙历经300多年始终认定"黄闵同宗"这个历史渊源。清咸丰四年(1854),黄氏十七世孙黄祖诱(素存)在双林建黄氏家祠,修族谱《黄氏支谱》,并于支祠第一进礼堂正中树一块大屏风,以大司寇闵珪(第八世族祖庄懿公)所撰220字家训为治家传家的格言。

满门进士,祖孙尚书

闵氏自南宋定居晟舍,耕读传家,"学而优则仕"。在明清朝,闵氏人才辈出,《晟舍镇志·进士篇》中明确记载有20人考中进士,先后有四人担任过明朝廷尚书之职。

在民间,弹丸之地的晟舍更有"六部尚书五部半,半部也是外甥官"之说。查阅史料,晟舍凌氏有刑部尚书(追封)凌义渠(凌氏祖先入赘闵家),而闵珪之妻是洪武年工部尚书严震泽(织里骥村人)之孙女严氏。闵珪之女则是被誉为"天下治黄第一人""世界水利泰斗"的工部尚书潘季训之母。名门联姻,自成佳话。

刑部尚书闵珪

闵珪(1429—1511),明朝中叶朝廷重臣。《明史》(卷183)载:"闵珪,字朝瑛,乌程人。天顺八年进士。"晟舍闵氏八世祖,官居刑部尚书,生平见《金盖山麓尚书墓》。

礼部尚书闵如霖

闵如霖(1502—1557),字师望,号午塘,闵珪重孙。

郡学生，嘉靖七年（1528）乡试中举人，1532年会试中进士，1534年授翰林院编修，1536年任筵展书官校录，奉旨纂修《宋史》。1538年充会试同考，升右春坊（官署名）右中允兼修撰。1541年任廷试掌卷（主考官），1543年主应天府（今南京市）乡试，次年主持武试。1545年转左春坊左谕，诏修会典（法律），同年因伯父逝世告准归家。1547年复任原职，兼侍讲学士和东宫太子讲官。继后改任读学士掌院事，诏修实录。1550年任廷试读卷，次年升礼部右侍郎兼翰林院学士。1553年赞穆宗（隆庆皇帝）婚礼，任殿试提调转左侍郎教习庶吉士（明代官职名，属翰林院）。1556年任试读卷，继后升礼部尚书。1557年上疏乞归，同年逝世，寿57岁。朝廷诏礼部赐谕祭，葬于长兴水口山。

闵如霖一生为官清正，心胸坦荡，处事敏捷、果断。掌国子监期间，严身率物，凡事认真不苟，六馆之士都心底钦佩和感动。闵如霖一生，"三典文衡，一主武试"，校阅精审，皇帝曾赐"袁炜冠"礼闱。闵如霖在任少宗伯时，与皇宫内属接触较多，因多次请立长子，曾触怒嘉靖皇帝，被降俸三级。闵如霖告归后，倭寇在东南沿海一带作乱，湖州地区也遭受其害。如霖与当地民众一起抗击倭寇，保得地方安宁，并在晟舍塘口建立了"平倭台"。

闵如霖从小刻苦勤学，青年时以诗才闻名乡里，著有《午塘先生集》16卷。

兵部尚书闵梦得

闵梦得（1565—1637），字翁次，号昭余，闵珪五世孙。万历戊戌（1598）进士，主政南屯，权芜湖南关税中贵，从役。1600年升郎中（管理车骑的官员），1607年补虞衡司，担任警卫殿门与皇城的职务。1608年出任漳闽（福建）郡守，平息匪盗，治理地方，百废一新。士民感其恩德，为他立碑于学宫侧。1612年升按察副使（巡抚属官）兼参议，分守漳南道（任期内因中蜚言离职）。1616年补川西道署按察。1620年升陕西按察副使兼布政参议，分守关西道。此时边围多事，闵梦得恪尽职守，小心防务，因此辖区安宁无事。天启壬戌（1622）升四川布政右参政兼按察佥事，分巡川北及重庆。时有奢酋（少数民族首领）作乱，闵梦得以合江兵力由纳溪趋长宁，亲自率兵擒捕贼首，其余皆降，平息叛乱。1625年，升都御史巡抚偏沅（今贵州施秉地区），时值苗兵侵犯，贵阳告急，苗将唐梦熊围攻印江，情势危急。闵梦得部虽仅属兵三千，但采用计谋，大破敌兵。1626年，闵梦得升兵部右侍郎，总督四川、云南、湖广、贵州、广西五省军务，理粮饷，赐尚方剑。闵梦得善于利用人才，熟谙地形地势，战略战术皆精。1629年晋升为兵部尚书，协理戎政，明赏罚，核虚冒，叙录川功，加封太子少保；叙守城功，加封太子太保，叠赐金币。1631年告老还乡，1637年卒，享寿72岁。

闵梦得生平著作有《漳州府志》38卷、《宦滇辜功》12卷和《解颐三编》《小草日记》《遂初日记》《恩荣九代录》《吴兴实录》等。

吏部尚书闵洪学

闵洪学（？—1644），字周先，号曾泉，闵如霖曾孙，万历戊戌（1598）进士，主刑部政。1603年升员外，次年晋郎中。1608年任陕藩右参兼按察佥事，治理汾乾（今陕西彬县地区），分巡关内道。1612年升江西按察，1618年任晋山西右藩，1620年任福建左藩，1621年升佥都御史，巡按云南兼督川贵兵饷。此时蔺奢（少数民族）首领崇明在蜀水反叛，粤西土司与之呼应，不发粮草，闵洪学率兵沿崎岖山路日夜兼程行军两个月，平息叛乱，革去有关地方官的官职，土司弃城逃遁。闵洪学严厉整治，迅速恢复军需，云南、贵州地方得以安定。1625年升兵部右侍郎，云南地方绅士感其恩德，具疏挽洪学留任，并为其建立了生祠。1625年升右都御史，因治理云南有功，1627年天启皇帝加封闵洪学为太子少保，赐大红飞鱼朝服。此后，闵洪学3次具疏请求告退，皇帝准其还家。崇祯庚午（1630），闵洪学被朝廷重新起用，封为太子太保吏部尚书，充任殿试读卷官。1632年告老还乡，甲申（1644）八月逝世。时因李自成农民起义军攻陷郡城,不发讣闻。

雕版套印——天下称甲

闵凌雕版印刷术发展的历史背景

公元1368年,朱元璋率兵削平群雄,驱逐元统治者至漠北,建都金陵,即皇帝位,改元洪武,国号大明。朱元璋虽出身农家,仅粗通文墨,但深谙"武定祸乱,文治太平"的道理。洪武二年(1369),他就诏谕中书省:"朕恒谓国之要,教化为先。教化之道,学校为本。"屡次下诏颁"四书""五经"和"通鉴纲目"等有补教化的书于学校。明朝立国之初,朱元璋就采取了有利于书业发展的举措,"洪武元年八月,诏除书籍税"。同时免去的有笔、墨等图书生产物料和农器。洪武二十三年(1390)冬,"命礼部遣使购天下遗书善本,命书坊刊行"。在明太祖心目中,作为文化事业组成部分的印书业,与恢复农业生产、解决民生问题处于同等地位,这是这位农民皇帝的高识远见。

自唐宋以来就开始出现中国经济文化中心南移的现象,到明代中叶以后,江南已经成为经济文化的中心,经济繁荣、文化鼎盛,所谓"财赋家天下,科第冠海内"。这在客观上为印刷出版业的发展奠定了基础。

明初自上而下大规模的图书刻印活动，从官购图书予民刊刻，颇具民办官助性质。明朝享国276年，自洪武至崇祯历十六帝，其间固然不乏昏庸无能甚至荒淫无度的皇帝，但对书业基本上都采取保护、扶持的政策，印刷术因此达到鼎盛时期。

凌、闵二氏乃吴兴望族、书香之家。自成化起至崇祯，历代有人在朝廷担任要职，大多著作等身。处于这样一个时代，刻书、印刷出版，凌、闵二氏家族自然便融入其中了。

著述与印书的融会贯通

查阅《晟舍镇志》，历仕者大多留有著述。"自古文人学士籍著作以流传，讱片尤每珍藏与信惜，况夫经史子集卷帙，歌赋诗词琳琅。"从元闵天福的《聚芳亭诗集》，到晚清闵肃英的《瑶华轩诗草》，上下600年，传世著述数千卷。其中，明末文学家凌濛初一人就有著述27种130多卷。闵家的著述历史更久，人数更多。在明代民间印刷业兴盛这样一个大氛围中，著书立说与印书出版必然会连成一体，因此，凌、闵二氏中不乏既著述又刻书的大家，并且在普及提高及灵活运用套印这一独特的方法上做出了重大贡献。据史书记载，当时二色以上的套印为晟舍凌、闵两家首创，因而成为中国印刷史上公认的最有名的套版印刷家。

凌氏套印本始于明万历七年（1579）凌稚隆的朱墨套印书《史记纂》24卷。万历十七年（1589），凌稚隆又印有朱墨套印本《吕氏春秋》26卷。凌氏刻书偏重于文学，万历五年（1577），凌迪知刊桂芝堂《文林绮绣》是湖州最早出版的图书。

凌氏经营多色套版印刷则是从凌濛初开始的。凌濛初生于晚明，作为文人，在文学上取得了灿烂的业绩，青年时代就颇具影响力。但他在仕途上屡屡落第，一度灰心丧气。而此时，苏、湖地区的手工业已从农业中大量分离出来，商品经济有了进一步发展，商业资本非常活跃。在经商蔚成风气的环境中，杭嘉湖一带的儒士们逐渐认同了商业意识，在追求科场功名的同时，也追求商业利润。正是在这个时候，凌濛初与同族兄弟20多人开始经营套版印刷业，并且独领风骚。

闵氏套版印本始于明万历二十四年（1596），闵齐伋的朱、墨印本《东坡易传》《东坡书传》。闵齐伋于万历四十五年（1617）刊朱墨黛三色本《苏老泉批点〈孟子〉》，其所刊刻的《会真六幻西厢》（8种14卷），是中国最早的朱墨套印丛书。闵齐伋，字及武，号寓五，是兵部尚书闵梦得之弟,从小"入太学,善读书,不乐仕进"。他"通古博今,耽著述。所刊书本,上自经史子集,下稗官词曲"。平生著有《六书通》10卷、《藏机轩》4卷,以及《丹批国策》《丹批国语》《老庄列子》《睡余杂笔》等十余种著作。

刻印态度严谨——成书甲于天下

闵凌彩色套印本使印刷术开创了一个新局面。在当时是海内独领风骚,后世藏书家一般都推崇宋元版本,明版书似乎不大稀罕。但对于彩色套印书尤其是"闵版","则以国宝视之"(《百家讲坛》之钱文忠讲百家姓之闵氏)。明代就有学者认为,雕版、活版、闵凌套印,是中国印刷史上的"三变"。

晟舍闵凌两家的雕版印刷,数量之多、刊印之精、影响之远,举世公认。据陶湘《明吴兴闵版书目》统计,明亡前的20多年中,凌、闵二氏所刻套印本有117部145种。中国台湾地区的李清志在《古书版本鉴定研究》中,则认为不下300种。

十几年前,因参与编写《人文织里》,我有幸在上海图书馆目睹馆藏的明刻本,真是精妙绝伦。

闵家刻书多为经史子集,木刻工程巨大,往往聘请工匠数十人,且都是雕刻顶尖高手。尤其在排版校对时,极其认真、严谨。闵齐伋公开对读者承诺,其所印书籍有人能"雠一字之伪,即赠书全部"。闵氏刻书"转辗传校,悉成善本。又荟诸名宿评跋之精粹者,丹黄备列,艺林称为《十种鸿书》。"

历史走过了400年,印刷技术在日新月异地发展。而对于雕版套印这一历史,晟舍凌、闵两家曾经为其添上了浓重的一笔。

"世上数百年旧家,无非积德;天下第一件好事,还是读书。"晟舍闵氏的历史印证了这幅常见的对联。至今,闵氏后人以积德为祖训,以读书为庭训,勤奋向上,贤彦达士辈出。诸如已百岁高龄的著名教育家闵淑芬,已故两院院士、石油化工催化剂专家闵恩泽(2007年度感动中国人物),为创建历史文化名城不遗余力的闵云,为弘扬本土文化让后人留住乡愁的企业家闵雪平,皆是闵氏家族的佼佼者。

晟舍闵氏,一个耀人眼球的家族!

2018年

守护利济禅寺的三位高僧

　　方志记载，自南朝法瑶禅师开山至今，住锡晟舍利济禅寺的高僧住持不下20位。有南朝慧集，唐代道祥、维宽，宋代慈觉，明代南轩、殊胜、古泉，清代体源、蕅益、智果、玉琳通琇、德月、浩清、朗如、永明、圆觉、显谛等。其中，南轩、蕅益、玉琳通琇禅师更是佛学高深，在中国佛教史上留下重大影响，让千年古刹光耀太湖之滨。

　　民国以来，军阀混战，日寇犯境，兵匪祸连，古刹净土深受其害。但利济禅寺的历届住持不忘佛门宗义，坚守清规戒律，秉持佛法智慧，为守护古刹毕生践行。尤其是以下3位法师的护寺事迹感人至深。

圆达法师——置产立碑存后世

走进梵音绕云的利济禅寺，天王殿和大雄宝殿之间的大院内树荫浓盖、花草芳香，给人一种"禅房幽雅松篁茂，天气晴和花柳妍"的意境。然而，人们很少留意东侧走廊的墙上，嵌有《吴兴晟舍利济寺斋田碑记》，以及立碑人圆达法师守护寺院的感人故事。

进入民国，灾荒战乱，利济禅寺的香火再无清光绪年间（1875—1908）旺盛，寺内僧人的生活也日趋艰难。僧圆达（生卒年不详），法号印月，民国初期（1912—1936）住持利济禅寺，静坐禅门数十年。面对寺院的荒芜景象，法师忧心忡忡，冥思苦想以度时艰的良策。法师深悟普度众僧之义，看到同为湖州四大名刹的"万寿、法华有田数百亩，山林、竹林，一年生息足以供养众僧，而利济则无"，法师毅然决定将数十年积蓄的"经忏余资购得陈姓田九十余亩，荡五十四亩，坐落苕字一百二十八庄刁家兜（现织里珍贝路以西）。每岁收入，以为行僧挂单斋粮之资"。同时，圆达法师"深恐后之寺僧借端变卖，或地方士绅借端侵占"，郑重委托时任浙江省参议员的晟舍乡贤凌福镜（字庸臧，凌氏后人），与同为省参议员的天台人陈钟祺撰文并勒石铭碑。碑石为横形，长102厘米，高35厘米，碑文由吴兴吴锐书写。全文40行（其中正文33行），每行19字。民国十二年（1923）立于利济寺，2001年迁至现址。

碑记正文后又锲附言："此田于中华民国四年契买，计产价洋一千八百五十元正。自立此碑后，原契户摺图销，由本镇自治会存具备案，以垂永久，合并附志。庸臧凌福镜谨志。" 据织里人回忆，1936年圆达法师圆寂后，利济寺在刁家兜的田产一直由寺院管理，部分寺僧自己耕种，部分出租给当地佃农收取租粮。因此，尽管灾荒频发，寺僧却能维持基本生活和开展佛事活动。寺里还购置小木船一只，春夏运肥料到圩田，秋收时用于装载稻谷和柴草。利济寺的百余亩田产一直耕种到中华人民共和国成立初期的土改运动时，才被收为国家所有。

时光流逝了100年，圆达法师的护寺功德已被载入《晟舍利济禅寺志》，永久纪念。

浩春法师——智求文书护古木

浩春法师守护利济禅寺古树木的故事，是由其弟子释智德（俗名闵团毛）亲口讲述的。浩春，俗名包大，塘南朱家兜人，民国三十四年（1945）至1952年住持晟舍利济禅寺。

1945年8月，裕仁天王宣告日本无条件投降，抗日战争结束。是年，浩春升任利济禅寺住持。为了庆祝中国人民抗日战争的伟大胜利，当地乡绅发起，在利济寺举行水陆道场，由浩春法师主持。法会历时七天，超度抗日战争中殉难将士和遇害同胞亡灵。规模浩大，百余僧人诵经念佛，数千信众到水陆道场拜忏。

浩春法师主持利济禅寺期间可谓历尽磨难。抗战结束后，很快又进入了国共内战。此时的湖州境内，土匪强盗多如牛毛，国民党军杂牌部队横行城乡。利济禅寺内经常有部队驻扎，浩春法师总是小心应付，曲意逢迎，寺内僧人苦不堪言。

作为湖州四大丛林，清光绪十六年（1890）重建的利济禅寺，规模恢宏，而在乾隆年间种植的树木已超百年树龄，浓荫华盖，都是可用之材。民国三十六年（1947），又有一支国军杂牌部队入驻利济寺。几天后，部队长官突然看上了寺院的葱郁树木，说修筑工事可派用场，随即命令士兵伐古树。浩春法师竭力拦阻，并找到部队长官理论。但是秀才遇到兵，那长官根本不听劝告。浩春急中生智，连夜雇车赶到杭州，通过省政府求得了盖有省府大印禁止砍伐寺院树木公文一纸。他犹如请到了尚方宝剑，回寺即让僧人在硬纸板上抄写多张，每棵古树上悬挂一张。国军士兵见有省府公文，也就停止砍伐了。利济寺内的百年古树就这样被保护了下来，寺僧与织里人纷纷称赞浩春法师的智慧和功德。其中有几株古树至今尚在利济禅寺旧址。

中华人民共和国成立后，浩春法师依然住持利济禅寺。当地乡村成立了农会和民兵组织，开展剿匪和土改运动，人员就在利济寺内办公，大多数僧人被教育后还俗务农。1952年，农会主任和民兵队长带一帮人入寺砸毁佛像，烧毁佛经和文物。浩春法师进行拦阻，当即被民兵队长打了3个巴掌。浩春师父满脸泪水，双手合十，随后收拾行李，离开了居住了20多年的利济禅寺，到苏州西园寺修行，于20世纪60年代圆寂。

利济禅寺此后逐渐败落，不久便被改为晟舍粮仓。

常进法师——菩提宏愿修寺志

2015年5月9日上午，晟舍利济禅寺天王殿广场禅风吹拂，梵音翔迴。高僧大德、各界人士聚集于此。9时正，《晟舍利济禅寺志》的首发仪式隆重举行。参加这一庄严仪式的除了有关领导和本土贤达外，中国当代高僧明学长老莅临做慈悲开示。方志出版社的编辑梅老师专程从北京赶来，对寺志的发行表示祝贺，高度赞扬这部寺志的历史意义和文化价值。随后,各路媒体陆续做了报道。

主持编修《晟舍利济禅寺志》是常进法师,俗名廖美锋,1973年出生于福建三明市,1994年毕业于福建医科大学临床医学系。1995年2月在浙江普陀山礼果园长老剃度出家。1996—2004年在宁波接待讲寺常住。2004年10月,受吴兴区宗教局和织里镇人民政府聘请,任利济禅寺监院。现为湖州市佛教协会副会长、吴兴区政协委员、吴兴区佛教协会会长。

常进法师住锡利济禅寺后,随即整顿寺务,建立共住制度和人事、财务管理制度,禅寺面貌和风气焕然一新。十余年来,常进法师广结善缘,多次举办影响一方的佛事法会,用筹集的善款先后建造了3座佛殿。2014年,成功举办了湖州市第四届禅茶大会和湖州市汉传佛教讲经交流会。

常进法师除了精通佛学外,善于和当地乡贤及文化人交往。法师查阅地方文史,常常感叹织里文化底蕴深厚,利济禅寺历史悠久,高僧辈出。2010年春暖花开时节,常进法师发慈悲心,立菩提愿,决定编写一本记述利济寺历史文化的书籍。法师走访了本地文化界人士征求意见,多次召开专家学者座谈会求取论证。最后确定编纂一部《晟舍利济禅寺志》,以填补有寺无志的千年空白。

利济禅寺始创于南朝宋元嘉年间（424—453），迄今已有1500多年。寺志编写范围包含晟舍古镇，除了从同治版《晟舍镇志》上获取资料外，还要搜集大量现当代资料，编修过程困难重重。在上海图书馆查阅资料、召开当地长者座谈会、民间走访、募集出版费用、高僧和名人题词，到出版发行，常进法师都事必躬亲。尤其是聘请湖州市佛教协会会长慈满大和尚担任《晟舍利济禅寺志》总顾问，请时任中国佛教协会会长传印大法师题写书名，时任中国佛教协会副会长明学大和尚撰写序言，使这部寺志增添了光彩，提升了历史文化价值。

千余年来，利济禅寺的著名住持大多载入了中国古代高僧名录和方志，诸如法瑶、南轩、蕅益、玉琳通琇等。玉琳通琇还因清顺治帝两次延请入宫，被编写成文学影视作品广泛流传。百余年来，上述3位住持僧秉承佛教宗义，在极其艰难的环境里初心未改，孜孜以求，为守护古刹佛土而殚精竭虑，做出了不朽的功绩。笔者感动之余，撰文记之。

2018年夏

古镇文脉

寻古大港村

2008年春夏之交,我受朋友委托编写《大港村史》。从炎炎盛夏到萧萧暮秋,隔三岔五总要骑车到这些古老的村落里兜上几个圈子。

大港村是一个很大的行政村,由23个自然村组成。全村农户1200多户,人口5300多人。以横贯东西的申苏浙皖高速公路桥为界,桥南是密集的大港集团进出口生产基地,而大港印染公司以北则是江南水乡的田园风貌,尽是原生态湿地韵味。

总想找到一些古迹,总想挖掘一些尘封很久的故事。于是尽找白发苍苍的老人聊天,总在幽僻的积满檐尘、张挂蛛网的老院子、老宅子内悠悠转转、击击敲敲。此时此刻,似乎找到了陶渊明《归园田居》诗"狗吠深巷中,鸡鸣桑树颠"的感觉。

站立始建于三国吴赤乌年间(238—251)的元通塘桥

上眺望，曾几何时，两岸的苇草已把北塘河挤得窄小。"九兜十三圩"的成片农田仍是棋盘式格局。这一群小村子的名字，依然带"港"带"兜"，尽是"塘浦圩田"时代遗存的味道。太平桥畔似乎隐隐传来明太祖朱元璋部将的金戈铁马杀伐声，而清墩漾的碧波却静静倒映着两岸人家与高速公路匆匆奔跑的车影。

沈家漾虽然在20多年前筑堤抽水夷为农田旱地，但居住在漾边上的一位老农，却忘不了似梦如幻的童年时光。幼时，他曾经与小伙伴在漾滩割草、捕鱼，看白帆飘悠，听水鸟歌唱。他更忘不了洪水冲坍圩堤，全村男子爬上脚踏水车昼夜排水的情景。老人随口唱了一首旧时的歌谣："前世不修住在漾滩头，南瓜青菜煮面头……"

2008年，大港村开展新农村建设，投入了3000多万元，进行旧村改造和环境整治。全村农舍刷得雪白，河边垒起了石帮岸，泥泞小道改成了宽敞平坦的柏油路。寻找老院古宅可非易事，几位老农热情提供线索，我们寻寻觅觅，终于找到了一座古老的宅院。

"周氏思本堂"，这座建造于清代道光年间（1821—1850）的古宅院，位于西陈家兜村港北。前厅的木雕人物图因保存不善而遭蚀朽，但依然可见其精湛的雕镂技艺。后厅木梁上的雕塑保存完好，花鸟禽兽，栩栩如生。最令人惊奇的是，前厅与后厅之间的砖雕门楼，高约四米，翘角飞檐，气势非同寻常。砖塑人物精雕细琢，形象逼真。阳面匾额题字是"诗咏仔苞"，阴面匾额题字是"青枝擢秀"，书法功力遒劲，出自名家之手，可惜无法弄清此古宅的建筑背景。但据砖雕题额猜测，应是书香人家。坐落于白地头自然村的"森玉堂"，尽管堂匾在"文革"中被烧毁，但金家老妇人还清晰记得堂名与曾经悬挂的地方。"森玉堂"的前院条石垒砌，院墙上斑驳处长满青苔，极显年代久远的印记。

编写村史，大港村的村民视之为一种责任和义务。城北财主周冠英、国民政府镇长杨公遒的资料一点一滴地搜集，民俗风情一节一章地汇拢。九旬老翁沈六毛，细细讲述创建于抗日战争初期的中共沈家坝地下支部的斗争故事。八旬老农吴龙彪，认真撰写见证本村历史的回忆录。寓居沪上60年的宋家麟老先生特地回乡，提供了历史资料和宋氏家谱。许多村民从家里找出了各个年代的老照片，献出了旧时的丝车、绵绸织机、石臼石磨。还有村民捐献计划经济年代的票证，"文革"期间的语录本和大批判材料，集体化生产年代的工分簿、田亩册、年终分配方案等实物资料。

历史和奇迹是人民创造的。大港村从曾经贫穷落后的村落发展成小康村和省级"文化示范村"，是大港人付出辛勤汗水和充分利用智慧的结晶。编写一部属于自己和留给后人的村史，是一项文化成果，更是一笔精神财富。

雇一艘渔舟，沿着河汊港湾，细细辨认古石桥柱的楹联，船夫的橹声摇出了古诗里的意境。而在涔涔秋雨中，欣赏隐约的古寺古观，则可品悟空灵的禅境。

"桑叶隐村户，芦花映钓船。"大港村寻古探幽，人生乐事也。

2009 年 6 月

古镇文脉

金盖山麓尚书墓

墓冢何处

数年前阅读清同治《湖州府志》,知悉"太保刑部尚书谥庄懿闵珪墓在金盖山"。几次欲往探寻,无奈缺少向导。2014年中秋节刚过,我与织里名医毛先生等友人游览菁山常照寺,得知闵尚书墓就在不远处的菰城村边山上。同行周先生前年曾到过闵氏墓地,我们随即驱车前往。

小车停在张湾自然村的路旁。在村民倪先生的带领下,我们沿着崎岖的山道,穿过一片茂密树林,开始攀缘金盖山麓的小山坡。倪先生随身带着一把柴刀,边砍杂藤乱枝,边向我们介绍:"这座山村里人称它为闵家山,是晟舍大户闵家的。闵尚书的坟墓就在上面,早先这里有许多石阶,还有石人、石马、石狮、石羊、石龟,'文革'时都敲掉了。"在山坡上的杂草丛中,我们不时可以觅见闵墓神道遗下的残石,还有多处小半截掩埋在山土中的石马、石羊,可惜都残缺不全。在离墓穴的不远处,一尊石像竖立于树丛，石材精良，石像着明代朝服，手执朝圭，但头部缺失。遥想当年闵墓的庄严壮观，叹息不已。

爬得大汗淋漓，终于找到闵氏墓冢。闵尚书墓依山而筑，两口石穴已被盗空，找不到半点明代达官的感觉。倪先生告诉我们，东边的石棺材好多年前就是空的，西边那口这几年才被盗。原来闵尚书墓两侧还有四口墓冢，均已被盗。令人生疑的是，东侧被盗的两口并排石穴，其中一口积满清水，并有青苔浮萍漂于上面。另一口则干燥见底，仅有几根树枝交叉躺卧。我们四处寻觅，竟找不到墓碑或墓志铭之类的石刻，不免生出遗憾。所幸的是，我们终于找到了闵尚书墓的位置，印证了湖州方志上的记载。

闵珪其人

闵珪（1429—1511），明朝中叶朝廷重臣。《明史》（卷183）载，"闵珪，字朝瑛，乌程人。天顺八年（1464）进士。授御史。出按河南，以风力闻。成化六年（1470）擢江西副使，进广东按察使。久之，以右佥都御史巡抚江西。南、赣诸府多盗，率强宗家仆。珪请获盗连坐其主，法司议从之。尹直辈谋之李孜省，取中旨责珪不能弭盗，左迁广西按察使。孝宗嗣位，擢右副都御史，巡抚顺天。入为刑部右侍郎，进右都御史,总督两广军务……弘治七年迁南京刑部尚书,寻召为左都御史。弘治十一年,东宫出阁,加太子少保。弘治十三年代白昂为刑部尚书,再加太子太保。"《明史》(卷183)又载:"正德元年六月,以年逾七十再疏求退,不允。及刘瑾用事,九卿伏阙固谏,韩文被斥,珪复连章乞休。明年二月诏加少保,赐敕驰传归。六年十月卒,年八十二。赠太保,谥庄懿。"

由此得知,闵珪经历了天顺、弘治、成化、正德四位皇帝,平生担任过不少官职。查阅《晟舍镇志》,在晚清时期,晟舍古镇上存有七座牌坊,其中"勋阶极品""内台总宪"是明朝皇帝专门赐予闵珪的。明朝大臣李东阳在闵珪神道墓碑文中,写有"太保以才行为三朝耆宿,百僚冠冕,扬显之道于斯,为极论者"的褒词。

综观闵珪一生,大部分时间任职刑法官,最终官居刑部尚书,执掌朝廷司法大权。他为人耿直不阿,执法严明公正,尤其不畏权贵,甚至敢与皇帝争辩。其人品官德,当为后世敬仰。笔者选录几例,以窥斑见豹。

成化丙戌(1466),闵珪巡按湖南,经过仔细调查,审理终结彭德妇人侯氏的冤案,将侯氏无罪释放。戊子(1468),闵珪巡按江西,正一嗣教大真人张元吉横暴乡里,恣肆贪淫,集凶杀人,搜索民财,强占女子,民怨沸腾。

闵珪查实并列出了他的罪状向朝廷具疏,奏准皇上将张大真人处以极刑,革去天师名号,追回天师印剑。为当地除去一害,群众拍手称赞。1485年,江西吉安地区发生严重洪灾,平地涌波丈余。盗贼四起,杀害官兵,抢掠府库,老百姓受害无穷。闵珪领都察院右佥都御史,奉旨巡抚到江西赈灾。救荒筹银十万余两,一到江西,巡按府即发出布告,限期疏散盗贼,纵成大患者要连坐问罪,并迅速发放救灾钱粮。赈灾工作进展顺利。

弘治十三年(1500),闵珪升为刑部尚书。久为法官,闵珪"议狱皆会情比律,归于仁恕。宣府妖人李道明聚众烧香,巡抚刘聪信千户黄珍言,株连数十家,谓道明将引北寇攻宣府。及逮讯无验,珪乃止坐道明一人,余悉得释,而抵珍罪。聪亦下狱贬官"。此案皇帝亲鞫吴一贯,成化帝想放其一马。闵珪认为不妥,说:"一贯推案不实,罪当徒。"皇帝不允,闵珪固执如初。皇帝发怒,令其更拟。闵珪却不肯让步,终以原拟呈上,帝不悦,与大臣刘大夏商议。刘大夏说:"刑官执法乃其职,未可深罪。"皇帝默默思考了一阵,说:"朕亦知珪老成不易得,但此事太执耳。"最后,只得同意闵珪所拟。1505年,朱厚照登基,年号正德。闵珪是帝师,皇上赐予麒麟服。

正德二年(1507),闵珪告老辞官,皇帝赐宴并路费三千贯,驰驿还乡。闵珪返回晟舍故里后成为居士,与利济寺幽谷上人（高僧）结社，学禅唱和。闵珪有诗云："利济拈提八百年，晟溪檀越世相传。禅房幽雅松篁茂，天气晴和花柳妍。遣去革囊知戒行，磨成砖镜悟禅机。熏风入座尘襟净，半日闲谈玉尘辉。" 在与高僧交往的同时，闵珪学得了禅机，使禅入诗，成为佳话。更有巧事，日前在常照寺，住持惟光法师赠送我一把折扇，上题闵珪《游常照寺》诗二首："浮屠百尺玉嶙峋，云里禅房远俗尘。赵宋宸章留石刻，葛洪丹窗兴山邻。木鱼夜响回廊月，驯鹤闲眠细草茵。隔竹炉烟改香火，金芽初摘雨前春。""卓锡开山说梵隆，照回宝阁五云中。余不东抱源流远，天目南来地势雄。我已休官还论道，谁能说佛解谈空。登临不觉归途晚，回首残阳半塔红。"

正德六年（1511），闵珪在晟舍家中逝世，享寿82岁。正德帝加封其太保谥庄懿公。命礼部赐谕祭九坛礼，葬于湖州金盖山。闵珪著有《庄懿公集》十卷，其中诗词九卷、文集一卷。

世事沧桑，宦海云烟。金盖山苍翠依旧，余不溪流水潺潺。伫立在一代名宦的墓穴前，似乎感觉黄土呜咽，青山叹息。

2014 年 10 月

故里盼归美人峰

一块奇石,离别故乡50多年,织里人翘首以盼归。

美女照镜石我在儿时就听说了,而详细了解此石,是在2003年编写《人文织里》时。让我特别感慨的是,凌氏后人凌廷铭先生为了祖传名石四处奔走付出的不懈努力,最终猝死于利济禅寺内。因此,我认真查阅美人峰的来龙去脉,数次撰文阐述美人峰回归故里的理由。

2015年夏,我在杭州治病,特地与妻子去花圃公园找到了美人石。见此石安静地站立在一处池塘的岸边,我略感欣慰,默默祈祷美人石无恙。

我是步乡里人的后尘而去的。此前,已有多人特地赶去杭州,找到了那块隐在深闺人不识的奇石。比如老中医唐家华先生数次探访美人石,并在报刊撰文,表达了老人的深深感情。

"美人峰"是乌程晟舍凌氏祖传名石。由于诸多历史原因，其经历坎坷曲折。清同治《晟舍镇志》卷二古迹篇载："且适园在谨一圩，明凌迪知建。中有一石，名美人峰，又名一片云。玲珑高耸数丈（明代尺标）。以重大不可致，乃演戏聚千人之力，藉以韭，曳之而上，其下有池。"凌迪知是明代文学家凌濛初的父亲，在常州同知任上清廉勤政，造福一方。他辞官返乡后，常州百姓感念他的恩德，特地将其喜爱的假山石运到晟舍赠予他。虽然后来园林曾易主闵氏，但凌迪知留有遗训，后人仍认为此石是凌氏永远的传家之宝，更是晟舍的历史名胜。从这个意义上说，"美人峰"应是凌氏固有私物，也是织里镇晟舍的传世文物，长期以来与凌濛初家族、晟舍密不可分。

"美人峰"是 50 年前被上级用行政命令调走的。当事人魏传鲁（时任吴兴县委书记）2003 年回忆："1966 年春，我接到省里通知，要求将晟舍的假山石运到杭州。我电话通知时任晟舍公社书记的李老四，负责将美人石运往杭州。这是事实，今后如落实政策归还此石，我愿意提供证明。"当年"美人峰"被运走时的场景，许多老年人还记忆犹新，本土百姓始终关注着家乡名石的归属和命运。乡亲们因无法留住祖传文物，有着强烈的失落感，深以为憾，深以为耻。

凌濛初是乌程晟舍（今湖州市吴兴区织里镇）人，其著作《初刻拍案惊奇》《二刻拍案惊奇》是我国白话小说的巅峰之作，在世界文学史上占有一席之地。为了弘扬优秀传统文化,传承历代乡贤的优秀品德和创造精神,地方政府已在凌氏故里建成凌濛初纪念馆。为使纪念馆具有物化传承,"美人峰"名石归还故里正当其时。

"美人峰"承载着桑梓父老的感情寄托,已远远超过美人石的本身价值。400年的美人石已经成为晟舍的地标,人们曾经朝夕相见,情深意切。自古以来民间有种说法,名石是本地文脉所系,明清以来,与晟舍崇文重教人才辈出的文化气息密切相关。一旦失去,情何以堪?50多年来,织里晟舍诸多乡亲的奔走寻访从未停止。其心之诚、其意之切,无以言表。因此,有专家感言:"美人峰放在杭州不过是一块普通石头,回归故里恰如王冠上的宝石,凝聚了多少代家乡人的感情。"

"美人峰"离开故土已经超过半个世纪,回归正当其时。今天的吴兴区织里镇,经济发达,文化昌盛,是"中国童装名镇",是浙江省文化示范乡镇、浙江省教育强镇,更是中央文明委命名的"中国文明镇",被确定为国家新型城镇化试点地区,充分具备了迎回和保存"美人峰"的条件和氛围。此时不把"美人"迎回故里,更待何时?2013年秋,凌濛初纪念馆建造工程启动,在政府召开的专家学者座谈会上,与会人士一致认为,"美人峰"应是凌濛初纪念馆的镇馆之宝和灵魂,强烈呼吁"美人峰"回归故里,让家乡民众和访客随时观瞻,以慰悠悠思念,以解浓浓乡愁,以传文化大镇的千年文脉。

"瘦石亭亭临水立,美人无语怨斜阳"(清人闵开第题美人峰诗),我们高兴地期待"美人峰"回归之日,使之成为文化史、园林史上的佳话。

2017年深秋

岁月沧桑话轧村

轧村境域形成历史久远。根据分水墩遗址的考古发现,早在3500多年前的商周时期,轧村这块土地上就有人类聚居。与太湖溇港区域一样,先民在这里筑庐而居,开展农耕、渔牧、桑蚕等生产活动,繁衍生息。

轧村现隶属于吴兴区织里镇。宋元时期实行乡里制,属乌程县常乐乡。明清时期属乌程县,为十五区三十五都。民国以来,轧村辖境行政区划沿变频繁。民国初期设东北镇,隶属吴兴县第二区。辖轧西村、上林西村、中三村、轧东村、骥西村、骥东村、妙村村。民国二十四年(1935),隶属吴兴县第二督察区。民国三十五年(1946),轧村、骥村两乡合并为洽济乡。

1949年,中华人民共和国成立后,轧村行政区划多次演变。

1999年10月扩并乡镇,轧村并入织里镇。

"轧村"这个极具特色的名字,民间传说始自南宋,而且与宋高宗赵构有关。现在的轧村,在南宋以前叫王家庄。村内有一条南北向的宽阔河港,两岸人家世代以农为业。同时,植桑养蚕、纺丝织绵是主要产业。高宗皇帝那年宿在江南水乡的小村庄里,心绪不宁,先祖打下的江山大片丢失,君臣疲于逃命,真是国破家亡啊!忽然耳闻一片"轧轧"的声音,高宗无法入睡,慢慢踱出屋去。外面月光皎洁,村里人家都传出"轧轧轧"的响声,不远处的村庄也隐约传来这种声音。皇帝感到奇怪,侍卫说:"这里是湖州地界,有丝绸之府的称誉。这里的乡村有纺丝织绵的传统,声音是织绵机发出的。"高宗一阵感慨,问道:"这个村子叫什么名字啊?"侍卫不知,说找人打听一下。高宗沉思了一会,道:"不必了,既然这地方都有轧轧之声,那叫它轧村吧。"皇帝是金口玉言,"轧村"之名由此而来。

距轧村以东三里处的上林村,它的来历更是有趣。史志记载,上林村在唐朝时称为梅林村,董氏为村内大户,门前植有大梅树,树荫下可供数十人乘凉。北宋末,金兵侵犯。某日,赵构途经该地,在梅树下歇息,与随行大臣饮酒赋诗。皇帝离去后,梅树成了文人骚客追逐的地方,经常有人寻访梅树和高宗坐过的石凳。董氏家人厌烦了,暗地砍掉了古老的梅树。因为皇上曾经到过这个村子,此后,梅林村被改称"上林村",一直沿袭至今。村内曾有梅潭、圣驾桥、回銮桥、凤仪桥等历史遗迹。董氏后来迁居南浔，其后人中出了许多显达人物，有明代礼部尚书董份、著名诗人董斯张等。

轧村境内曾有许多历史遗迹，从地方史志记载的古寺庙可见一斑。后唐时期，吴越国钱氏曾在梅林村建"看经院"，北宋治平二年（1065）改名"圆明院"。东明寺是吴越国（907—960）时期王钱氏始建，僧悟道开山，号"善庆院"。宋治平二年（1065）赐额"法忍寺"。明洪武年间（1368—1398）重建，清末毁。1994年重建，易名"东明寺"。近年有学者在网络撰文，说有证据证明东明寺与明初建文帝有关，述说朱允炆曾避难于此寺。而宋嘉泰《吴兴志》记载的始建于唐光启年间（885—888）的骥村寂照院，更是历史久远。

轧村作为湖州府东门外的较大集镇，濒临荻塘运河与沿塘官道，自古以来，水陆交通便利，经济繁荣。明成化《湖州府志》和弘治《湖州府志》记载，南宋庆元年间（1195—1200），各县及镇市开设酒库、酒坊，乌程县共15处，其中轧村就有两处，名"上林坊"与"轧村坊"。《大清一统志·湖州府全图》上清晰标有"骥村市""轧村市"。而这些"市"，就是当时颇具规模的自然镇或较大的乡村集镇。织里因"织"而名，轧村境内亦"无不桑之地，无不蚕之家"，不仅有宋康王南渡夜泊闻织机声而名的记载，更有清光绪年间绸机遍布的历史。改革开放后，中国童装名镇织里的起源地是在轧村，村民吴小章被誉为"织里童装第一人"。

人文荟萃，名人辈出是轧村的又一特点。梳理地方史志，名见经传的不乏其人。明代工部尚书严震直（1344—1402），字子敏，号西塞山人，即是骥村人。

《明史》是这样记述他的：乌程人。洪武年间（1368—1398），以家道殷富被选为粮长，每年按额征解田粮万石送至京师不误，为明太祖所赏识。洪武二十三年（1390），特授通政司参议，改任户部郎中，再迁工部侍郎。洪武二十六年（1393）升为尚书。时朝廷大兴土木，集全国工匠20多万户于京师，建筑秩序混乱，劳动力浪费严重。震直建议改为每户抽一人服役，编好姓名、行业，平时在家劳作，有役按籍轮番召用。此举受到工匠拥戴。平时执法不避亲疏，有子侄不法，被控告，明太祖交办查处，经审理后如实上报，受到太祖的称赞。不久，因受事牵连，降为御史。在此期间，几次平反冤狱，使无辜者得以昭雪。洪武二十八年（1395），奉命主持修复广西兴安县灵渠，亲率民工，审度地势高低，导引湘、漓二江之水，疏浚渠道5000多丈，筑溪潭及龙母祠土堤150多丈，又增高中江石堤，建陡闸36个，凿平滩石以利舟楫往来。同年四月，擢为右都御史，不久复任工部尚书。建文间（1399—

1402）曾督饷山东，旋即致仕。明成祖即位，命以故官巡视山西。至泽州（今山西省晋城、高平等县地），病卒。地方史志多有记载。

另一位轧村人清代文献学家、藏书家严可均也十分了得。严可均（1762—1843），字景文，号铁桥。嘉庆五年（1800）举人，官建德教谕，以疾辞归。精考据学，曾与姚文田同治《说文》，作《说文长编》45册，有天文、算术、地理、草木、鸟兽之类。又辑钟鼎拓本为《说文翼说》15篇；与丁溶同治唐《石经》，著《校文》10卷，对汉、魏、唐、宋石经仇校研究较深。嘉庆十三年（1808）诏开"全唐文馆"，由于他已辞官归田，无机会参与此事，感叹道："唐之文，盛矣哉！唐以前要当有总集，斯事体大，是余之责也。"于是，发愤辑《全上古三代秦汉三国六朝文》，使之与《全唐文》相接。收书3000多家，每人加注小传，足以考证史文。文遍检群书，一字一句，无不校订。唐以前文献，皆荟萃于此，对保存和传播唐以前古文献有重要贡献。辑校诸经、逸注及佚子书数十种，合经、史、子、集为《四录堂类聚》1206卷。为了著述，严可均不惜重资购书，周游四方，南至岭南，北出塞垣，遇稀有之本，必精写或以资购买，藏书至两万余卷。又翻检当时诸家藏书目，如《世善堂书目》《天一阁书目》《万卷楼书目》《世学楼书目》《传是楼书目》等，以至石刻本、释道藏，无不翻览。曾说黄丕烈聚书多宋本,虽与之为久交,然宋版书仍不能多得。感叹道:"校宋本以供撰述足矣。"严氏著有《说文声类》《铁桥漫稿》等多种。(资料来自严可均《全上古三代:全秦文》,系1999年10月1日商务印书馆出版)作为藏书家,藏书不能称富,但都是精品。严可均说,"余家贫,不能多聚书",凡"遇希有之本,必倩精写,或肯售,即典衣不吝",真让人摇首感叹。

《人文织里》《湖州名人志》还记载了多位轧村籍的乡贤志士。有清代文学家、藏书家严元照,辛亥革命志士严浚宣,当代著名画家吴寿谷等。他们都为古城和家乡的历史增了光添了彩。

往事越千年。横跨古村东西两岸的轧村港依旧在静静流淌,上林村的梅潭还依稀可觅,而南宋康王的故事传说,则在轧村的土地上长成了一片葱翠的现代传奇。

2017 年 11 月

戴山与戴山塔、戴山庙会

小小戴山,在湖之阴;山巅有浮屠,名曰戴山塔。

戴山是南太湖平原上一座最小最矮的山。听老辈人说,上古时候,玉皇大帝命大神下界造山。大神挑了一箩筐仙石,选定位址后就扔下一块,那石就化成一座山峰。某日,大神到了太湖南岸,不小心箩筐里遗落一颗细小的石子。大神懒得弯腰去捡,用脚一踢,石子滚出老远,岂料即变成一座小山。因为是仙人用脚"惢"出来的,人们就称其为"戴山"。

清同治《湖州府志》卷十九记载:"戴山在府城东北十八里,昔戴逵曾居此,故名。其上多石无草木,下有明义庵,上有浮屠。谯郡戴禺游居三吴,衣冠之士与之游者随其所至,即筑室居之。太守张邵素与之善,为筑于此,因名焉。"1982年编纂的《浙江省湖州市地名志》如是记述:"戴山位于湖州东偏北9.8千米,山体高程为23.8米。山下有戴山自然镇,是戴山公社经济、政治、文化中心。"

现已归属吴兴区八里店镇管辖。

《八里店人文》对戴山和戴山塔做了较为细化的描写:"戴山又名九龙山。几百年来,周围有九只兜,朝靠着山,这九只兜,又称九条银龙。据说,明朝初年朱元璋登基后,军师刘伯温来到戴山山顶,观看地势风水。看后认为这里是一片好风水,是块圣地。刘伯温为了谋求朱家世代称帝,他不想让这里出圣人,于是在山顶建了一座塔。这塔好像一把鱼叉,戳在戴山顶上,就此破了风水。"民间还有传说,古代本地有一富户,女儿出嫁至太湖中的洞庭山。因思念家乡,整日哭哭啼啼,茶饭不吃,人瘦成皮包骨头。其父得知后,为了解除爱女的思乡之苦,就出资在戴山山顶修建了一座七层宝塔。宝塔建于山顶,女儿在洞庭山夫家也能望见,而且在家中的水缸里也能看见塔的倒影,于是破涕为笑,玉体恢复如初。

戴山塔具体建于何时,地方志上无确切的记载。元末明初著名诗人张羽有诗咏戴山,诗中提到了戴山塔:"谯国有高士,寄志在丝琴。一闻王门召,破琴绝其音。传昔居斯山,井灶邈难寻。至今草木闲,清风肃虚襟。予家依古迹,结屋当冬林。择里所得安,怀贤思难任。浮屠巧眩世,庙廊冠其岑。"诗中的"高士"指晋代大儒戴逵之子戴颙。可见,当时山顶已是宝塔高耸,庙宇环顾了。据考,张羽咏戴山诗,应作于其寓居戴山之时。因此,戴山塔很可能建于明初天下甫定之时。此诗也无意中印证了戴山塔建造年代，与民间传说刘伯温破风水的时间点吻合。

1994年，湖州市博物馆派人对戴山塔的历史沿革和现状做了专门调查。塔筑于戴山之巅，砖身木檐楼阁式。调查时檐子、平座尽失，仅存砖砌塔体。塔的平面呈八边形，以本地区同时代所建古塔作为参考，始建时应为7层，上有塔刹。我最近搜到一张抗日战争期间拍摄的照片，塔为五层，塔顶长有草木，人们称其为"戴山烟囱"。让人叹息的是，与戴山山体在"文革"中被人为挖掘一样，戴山塔也曾遭到严重破坏，至20世纪90年代，塔身仅存3层。塔的底层于东西两面开门，南北两面出龛。其余四平面，二层、三层每面设龛，间或有门。门洞顶端做成圭角形，各层均隐出圆形倚柱，下置覆盆式柱础，形似飞英塔，颇具宋代风格。专家认为，从该塔现存倚柱、门洞及塔体收分等实物判断，其始建年代目前只能定其下限在明洪武年（1371，张羽离开戴山时段），其上限当不超过宋末。2010年后，市政府拨款对戴山古塔进行了维修，加固加高，塔身恢复到7层。

"大戴先生读书处，削峰平地割蓬丘。洼樽仙酒醉东老，山居古篆题沧州。东庭西庭月色白，大雷小雷龙气浮。划然长啸下山去，阿施共载鸥夷舟。"元代杨维桢《戴山望太湖》诗，意境开阔，气势磅礴，描写了戴山的地理位置和壮丽景色。戴山是我儿时认识最早，也是攀爬次数最多的山。戴山自古就是佛教禅境，明代《湖州府志》就有"金佛寺在府城东戴山""明义庵在府城东北戴山"的记载。每年中秋节一过，我就掰着手指期待农历八月廿一的到来。这一天，戴山集镇隆重举行传统庙会，方圆十多里的男女老幼都往戴山赶去。走过戴步桥，穿过百多米长的南北向老街。此时山上山下，人山人海，人们登上戴山之顶，遥望太湖和四周的村庄田野，一条条溇港清晰可见，心境豁然开阔。山北面有一块巨石形似鲫鱼，邑人称其为"鲫鱼山"，人们纷纷在山顶扔石子，据说击中"鲫鱼山"者来年田蚕茂盛。山下的空阔地都被各色商户和小贩占领，豆腐花、小馄饨、煎饼摊香味四溢；卖水菱、红柿、西瓜的小贩叫喊声更是诱人。山下搭起了戏台，湖剧、越剧轮番上演，台下观众喝彩声一片。不远处有马戏团表演，四周围着帐篷，锣鼓声震耳，五分钱一张门票，进去即可观看猴子拉车、狗钻火圈、孔雀开屏、大蟒缠身以及走钢丝、千斤石压人等各类杂耍。

岁月流逝，沧海桑田。金佛寺与明义庵早已湮没，其旧址如今变为戴山学校，而新建于戴山塔旁的九龙观却巍峨峙立。一年一度的戴山庙会至今传承，它的渊源与古老的民间传说有着密切的关联。

《八里店人文》记载着戴山庙会的来历："据传公元

乡的恋

1200年左右（南宋时期），朝廷下旨，马三丞相批卷，委派护粮官徐玉成运送军粮。一路经过戴山（吴兴地区），当时兵荒马乱，连年灾荒，民不聊生，百姓处于饥寒交迫、水深火热之中。徐玉成将军见此情景，不顾自己生命安危，把军粮全部分给百姓，自己却因此被朝廷斩首示众。同时马三丞相也遭杀害。戴山人民为了纪念这位大救星，在九龙山上建庙以示纪念。当朝皇帝觉醒后，追认徐玉成为千岁王爷（戴山地区总管老爷）。以后每年的农历八月廿一，为戴山地区的传统文化庙会。"还有一个民间故事与戴山庙会相佐证（详见中国文化艺术出版社2010年出版的《织里民间文化》）。大意是元朝末年，江南首富沈万山出身贫苦，在白龙港赶放黄鸭时梦见北斗星翻身，他在河中得到了聚宝盆，财物取之不尽，成了江南富翁。某年，他赶赴戴山参加庙会，忽然天降大雨，人们哭喊逃窜。沈万山随身带着聚宝盆，他往盆里插了一把雨伞，呼众人快来取伞。人们拿走一把又长出一把，取之不竭，让赶庙会的人们免遭雨淋之苦，而沈万山拥有聚宝盆的故事也传遍民间。后来，聚宝盆被朝廷征走用于抗洪，埋在杭州德胜坝下，保住了下游大片土地。人间从此失去了聚宝盆，然而，赶戴山庙会带雨伞的规矩却在民间约定俗成。

"一行白雁投南下，百道清溪向北流"（明张羽《秋日登戴山佛阁》诗句）。戴山，湖州东部平原上的一座小山，不仅地理位置独特、风景优美，还蕴藏着丰厚的人文资源。明末文豪凌濛初对戴山情有独钟，生前多次游览斯山，写下了《戴山记》《戴山诗》等多篇文学作品，还嘱咐死后将他葬于戴山。郑龙采在《别驾初成公墓志铭》结尾段写道："且作铭曰：维公之神，游于彭城（今徐州）；戴山之穴，实维公宅。生而倜傥，叱石成羊；没而英烈，埋红化碧。风清月白，鸾骖仿佛；万岁千秋，安于斯丘。"民国年间，戴季陶先生曾多次到祖籍戴山木桥头访祖寻根，并以私人名义出资建造了当时一流的后林完全小学。

快哉！十几年前有乡亲希望我写写戴山，写完这篇文章，终于完成了一个夙愿。

2016 年夏

二　萦梦老街

老街躲起来了

躲藏得那么小心翼翼

连同蹒跚的老人和长满巷弄的故事

刹那间 刹那间成了永恒记忆

——《别了，织里老街》节选

织里老街记

织里街距湖州府城东 15 千米,在清代为乌程县管辖,属十一区一百十四庄。民国二十四年(1935)建镇,首任镇长乃织里人顾国民先生。抗日战争前,辛亥革命志士姚勇忱之堂弟姚韵笙亦任过织里镇镇长。民国年间最后一任镇长是重兴港(现大港村)人杨公遝。中华人民共和国成立后,织里区、乡、公社、镇的行政机关皆驻地在织里街。20 世纪 90 年代初,织里镇被列为经济开放区,自北由南筑成新街,并连绵发展。此后,织里街便被称为"老街"。

织里老街历史悠久。据清乾隆《湖州府志》记载:"宝华院,在织里,僧元初循宋遗址重建。"据此可以佐证,织里街至迟聚市于宋代,至明初已形成繁华集镇。凌、闵两氏的雕版套印书籍在织里街设铺列市,种桑育蚕、缫丝织绵是织里农民的主要产业。产品湖丝、棉兜、绵绸、棉纱带皆上市交易,"户户皆绣机,遍闻机杼声"是当时织里乡村的真实写照。明清时期,织里街不仅是水阁廊棚,店铺相连的水乡集镇,更以造船业、丝绸业、贩书业而闻名遐迩。

清灵的织溪是东苕雪溪的延伸,自西向东约1千米长,尽是粉墙黛瓦,小桥流水人家。民国年间至中华人民共和国成立初期,老街共有大小桥梁11座。其中,5座南北向竖跨织溪,6座东西向横贯老街。宝镜桥因宋代宝华院而名,为西市第一桥,单孔拱形,条石垒砌,宽2米多,石阶10多级,桥壁古藤攀缘,青苔印痕。因桥座向有些倾斜,人们称其为"斜桥"。过宝镜桥即有一汪水漾,曰"五溪漾",5条小溪自东西南北淌出,形似乌龟的四足与尾巴,人们又称其为"乌龟漾"。离五溪漾百来米,有三孔石梁桥,名"妙音桥",又称"妙桥"。织里镇西市,一座木柱、木梁、木板构造的桥梁横空出世,宽仅米余,踏上桥板吱吱作响,有摇摇欲坠之感,这便是记忆中最为深刻的木桥。小木桥是南浔庞裕泰先生私人建造的桥梁,为便利通向南岸酱园制作坊而架设。桥两边扶以木栏杆,桥顶架设木棚,让行人遮阳挡雨。木桥北塊有一棵皂角古树,盘根错节,苍老遒劲。春夏季节,枝繁叶茂,蝉声如雨,鸟鸣悠婉。睦嘉桥位于老街中市,为三孔石梁桥,4只石狮分守两塊。望柱、桥耳饰有12只小狮子,或雌或雄,或坐或卧,雕琢精湛,栩栩如生,故又名"狮子桥"。桥两边石帮岸为"冰糖石"叠砌,棱角分明。 沿市河东移,秋稼塘桥三孔石梁跨架南北，桥南的自然村亦名"秋家塘"。虹桥是老街东端的一座拱形石桥，东西向形似长虹，横跨浒泾港，水流南吞荻塘，东接吴江，西连苕雪，汇聚向北流入太湖。老街上还有6条东西向的小桥，名"玉杼""金锁""丰乐"等，极富诗情画意和地域色彩。桥下流水潺潺，橹声欸乃。老街11座桥今天尚有6座，均改成水泥钢筋构架，古典气息荡然无存。所幸流散在民间的四只石狮子近年被送回，守护在狮子桥两块，引起人们对古桥的思忆。

织里老街是典型的江南水乡小镇。荡舟五溪漾，听小鸟啁啾，观鹅鸭嬉游，任绿萍漂游，不亦快哉。登宝镜桥远眺，渔夫撒网，白帆悠悠，田埂上老水牛踱步，此种景色，令人心旷神怡。老街的店铺临织溪而建，皆水阁廊棚，鳞次栉比。民国年间，米行、鱼行、丝绸行、酱杂店、旧货店、当铺、铁匠铺、茶馆、客栈、纸马店、饭馆紧挨相连。老字号有"同泰布店"，为本镇郑氏所开；"一达南货店"乃石淙望族陈氏所创；"裕泰园酱盐店""四茂春茶馆""福泰昌"等，人们耳熟能详。"天生堂药店"里，各种中药材齐全。其木雕门楼，饰以飞禽走兽、神话故事图案，雕琢精湛。老街在抗日战争前有两家典当行，"同泰典当行"是南浔大户张氏开设，背景深远，资金浓厚，被称为"老当"。在老当典押财物，赎取期有3年6个月之久，较其他典当行长1年多，且典押价高于新当，经营有方，安全工作周密，享誉较高,生意兴旺。老当在抗日战火中被焚毁,中华人民共和国成立后,老当遗址建造了织里茧站。

清末至抗日战争前,织里老街一直是方圆数十里的商贸集镇。街道人流如织,市河舟楫云集。中市丰乐桥边,设有航船停泊码头,大钱、义皋、东迁、轧村、旧馆、晟舍等地,每天上午有小航船载客而来,进行商贸活动,下午载客归去。南浔至湖州的小轮船也在织里街设停靠站载客。

水乡古镇,民风淳朴。织里人善良朴实,供奉神灵。宝镜桥北堍有座总管堂,乃宋之宝华院遗址所建。黄色围墙上书有"织溪屏藩"4个黑色大字,笔力苍劲。庙内有古银杏树,高达数丈,浓荫华盖。据专家评测,树龄在400年以上。古银杏树在历史风雨中伫立,黎明,默默数点农家屋顶的袅袅炊烟,聆听村舍传来的第一声鸡鸣;黄昏,静观闪烁老街的千家灯火,俯视村野的无际桑园。总管堂供奉总管老爷、观音菩萨等像,终日梵音悦耳,香烟缭绕,信徒虔诚膜拜,祈求风调雨顺,一方平安。中华人民共和国成立后,总管堂改为织里区中心小学,后为镇中心幼儿园。2000年,经湖州市民族宗教事务局批准,总管堂得以修复为开放道观,命名为"宝镜观"。新建的宝镜观由里人集资,规模恢宏,香火旺盛。旧时邻总管堂东有三官堂,五开间,泥塑三官像,堂前有放生池,雕栏石砌,池水清澈。妙音桥北堍有土地庙、财神堂,西市有和尚庵(据说明清时期称"宝相寺",曾经出过高僧）。虹桥东堍有祖师堂，大小建筑20多间，供奉纯阳祖师和道教神像，中华人民共和国成立之后它被改为织里粮管所仓库。2007年里人重建，冠名"万云观"。老街西市建有耶稣堂，耶稣堂北侧为人民广场，四周筑以围墙，放电影、演戏及人民公社的重大活动都在此举行。

老街东市为渔民聚居地，每日捕鱼归来，在河滩晒网，到街市卖鱼，晚上停泊过夜，黎明摇橹而出。

清末，织里老街私塾棋布，学龄儿童都在私塾念书。穿长袍戴花镜的老先生摇头晃脑吟哦"之乎者也"，抑扬顿挫。小孩子把《三字经》《百家姓》《神童诗》读得倒背如流。民国年间创办了"吴兴县第二区中心小学"，老街才有了一所正规学校。校舍借用总管堂偏房，辟教室三间，分"智""诚""勇"3个复式班，课程设语文、算术、图画等。全校师生100多人，校长叶文华，主持校务达八九年之久。中华人民共和国初期改为织里完小，并在五溪漾东岸创建了吴兴县第四中学。

徐振华先生（小名阿毛）是名闻浙北地区的老中医。祖居太湖潘溇，三代行医，积累了丰富的临床经验。徐氏留有家训，以医德为重，以治患者之痛为己任。徐振华15岁师从湖城名医潘春林先生，三载寒暑，勤奋刻苦，18岁始走村串户行医。他口问心记，不厌其烦，岁月流逝，积沙成塔，刚过而立之年便名闻乡里，医德更是众口皆碑。凡贫困之家，不收诊费，对症开方，以中草药为主，非不得已，绝不开贵重药方。1951年，振华先生发起创建织里联合诊所（今织里医院），绘图纸，购建材，事必躬亲。步入中年后，医术炉火纯青，江苏吴江、宜兴、常熟、上海、安徽等地的患者慕名求医，有求必应，尤对疑难杂症有独到疗效，故被誉为"毛仙人"。徐振华退休后，被医院返聘开设专家门诊，患者纷至沓来，休假日也门庭若市。一代名医，织里人莫不敬仰。

老街步履蹒跚，走过了岁月的风风雨雨、战火风烟依然默默静卧，附着时代的脉搏，载着历史的重负。今天，织里与新镇区的高楼大厦相比，老街没有自惭形秽，因为新街的繁荣与发展，乳源于老街。今天的老街依然有着旺盛的生命力，有其独特的风采。传统的铁匠店、磨刀铺、寿衣店、竹器店应有尽有。传统的点心，如青圆子、小馄饨、汤包、阳春面依然香味四溢，令人垂涎。

老街是一根不锈的链条，连接历史，连接未来。

老街在踽踽前行，织溪在清灵流淌……

2004年1月（初稿）

2007年10月改定

乡的愁

梦绕魂牵的织里老街

一样的江南小镇，不一样的织里老街。

十几年前，我曾用散文的形式撰写了《织里老街记》，叙述了织里老街的前世今生，尤其是民国年间的桥梁古寺，水阁廊屋，老店商号，风物人情。文章在纸媒上刊登，引起了织里人的共鸣，引发了许多读者的议论和感慨。记得当年，有年轻的父母阅读了此文后，特地携孩子到老街寻访旧迹，寻找蕴藏在老街背后的故事。十几年来，常能在地方网络上看到人们对老街的评论，看到网友上传的一张张与老街相关的照片。阅览这些照片，有的人因老街的延存而浮想难眠，也有人因老街的日趋荒芜而惋惜连连。

老街犹如牵系着织里镇的脉搏，时强时弱地跳动着。我对于老街的情感似乎更甚于自家的老宅，每年总要到老街去走上几个来回，浏览和关注一下老街的变化。织溪的河水清澈了，我的心情就怡然自如起来。有时走上大半条街也遇不见一个熟人时，不免独自黯然神伤。回忆 20 世纪七八十年代织里老街的繁华与热闹，最熟悉老街上的每一爿店铺，居住在老街上的人们和他们的生活，至今难以忘记。卖豆浆和油煎豆腐干的绍兴人老董，半夜敲响竹棒沿街叫卖笃笃馄饨的阿元师傅，会唱京戏的王大惠、罗小牛、姚柏笙（承基）老伯，鲜鱼行里叫喊声特别响亮的吴子宝老板，小学里毛笔字写得特别好的马文杰老师，还有"螺丝阿江大蒜子"，他们都是老街上名声响亮的人物。如今，老街上再也听不到顾楚阶夫妇悠扬的评弹曲子，再也无法感受观众在影剧院窗口排队买票的热闹场景。老街日趋冷落的面容和许多作了古的熟人，总让人萌生"无可奈何花落去"的感觉。因此，老街曾一度被人们视作弃儿，如同"枯木"，很难"逢春"了。"儿时记忆中，小学里的银杏树是那么粗壮高大、枝叶茂盛，而现在银杏树虽然因其古树身份被保存了下来，却不见了昔日的风采。"老街在人们心中渐行渐远。

近日，老街的脉搏律动忽然快捷了起来。"老街要拆迁了，地方政府已经派人在丈量土地了。"为了印证这种传闻的真实性，我特地到镇政府询问。当被告知老街拆迁改造工程已获织里镇人民代表大会通过时，脑海里忽然涌上许多有关老街改造的想法。

曾几何时，老街上的传统点心店、竹器店、铁匠铺都在悄悄地消失，老街的民居也在人们心里默默地萧条和颓坯。而老街人却一直期盼政府能对老街有所眷顾，让老街再次繁华起来，因为小小的扁担街毕竟是童装之都的根基和老蒲头啊。

或许源于对老街的绵长情感，或许是清灵的织溪赋予了笔者一种责任，在确认织里老街将要改建的信息后，总想着要为它留下一些可以记忆的东西，留住人们心中的一缕缕乡愁和牵挂。我想起了自己的照相机，那架没有长镜头和广角镜却操作简便的三星牌相机。2016年元旦后不久，我列了一张想要拍摄的名录，挑选了一个晴和的日子，几乎把老街从西到东拍了个遍。

织里轮船码头位于南横塘与织溪的交汇处，是我选取的第一个镜头。小轮船和它的汽笛声已远去了30年，而它曾经的上下客码头尚依稀可辨。织里大队礼堂在20世纪六七十年代出尽风头，公社的重要会议和活动都要借用这座礼堂，还曾经办过沈阿章烈士事迹的展览。而今天，人们已完全把它遗忘了。若不是我对这里特别熟悉，已很难寻到它近乎磨灭了的旧迹。沿着织溪西头的长长巷子，名医毛先生庭院里的蜡梅正凌寒怒放，有几枝伸出院墙飘香了悠长的小巷。拍了作为危房关闭已久的织里影剧院后，又专门拍了镇政府旧址。从中华人民共和国刚成立到20世纪90年代初，这里一直是织里乡、人民公社和后来的镇政府驻地，现在已沦为很简陋和破旧的民居。我蓦然闪过这样一个念头：那些曾经在此工作数十年、已经离世了的公社干部们，即使在睡梦中，有谁能奢望织里有如今那么气派的行政办公大楼呢？老街当年还是织里分区委的驻地，"麻雀虽小，五脏俱全"。接着，农机站、催青室、广播站、工业办公室、供电所、财税所、工商所、派出所、法庭、电影队、二轻办、镇革委、粮管所等当年的部门旧址，一一摄入数码相机。现在的妙音桥堍以东，人民公社年代的店铺，依次是食品站的肉店、西酱杂店、理发店、西大众食堂、文具书店、棉布店、农业银行、信用社、邮电所、铁器社、蒋荣卿牙科所、照相馆、豆腐店、建工队。接下来是织里医院和收茧站，这里是老街的中心位置。医院乃名医毛先生始创，是织里地区的医疗权威机构。集体化生产年代，织里茧站是公社举足轻重的经济单位。蚕茧收购旺季，市河里停满售茧的农船，街路上不时走过挑着装满蚕茧担子的蚕农。茧站内的大炉灶，烘茧工们加班加点，昼夜不息地烘着收购来的鲜茧，然后源源不断地运往湖州的丝绸公司，运往分布省内各地的国营缫丝厂。

茧站东门的巷子边曾是织里区供销社总部的办公地。而今侧门紧锁，不知里面可有人居住。计划经济年代，供销社是要害部门，掌管着几万农民的生产生活资料，织里老街几乎皆是它的领地。茧站以东的生产部、五金部、苗猪部、福泰昌副食店、招待所、东大众食堂、鱼行水果店、茶馆店,都属供销社所有。老街东市虹桥西塝的食品站,是老街上最早醒来的商店。每日天刚蒙蒙亮,农民们就把自养的肥猪,或肩扛或船运来到食品站门前的街道上。黑猪白猪一片嚎叫声,等待着工作人员验货定价。老街东市也是时聚时散的鱼市和沿街菜场,人们可以买到农民自留地上种植的各类时鲜蔬菜,买到鲜蹦活跳的鱼虾。虹桥东塝有织里粮站和供销社的收购部。邱家塘桥南有织里竹器社和粮油供应部。狮子桥南有织里食品厂和塑电厂,那时都是人们向往的好单位。而织里老街的四周围绕着织里行政村下属的自然村,分别是南街、邱家塘、安全兜、狮子桥、吴家塘、郑打古、姚裁缝、镇西、漾西滩、姚家田。

让织里人记忆最为深刻、情愫最为迫切的是织里完小和吴兴县第四中学(织里中学)。现老街西市宝镜观的建筑,均是原织里小学的旧址。学校始创于民国初年,由时任浙江省政府议员的郑连如发起创建。校址选在织里西市总管堂文昌阁,初名"吴兴县第二区中心学校",后来织里人叶文华担任过小学校长,全校学生有一百余人,主持校务达十年之久。时逢乱世,社会动荡,二三十年的时间内,小学曾搬迁过好几个地方。中华人民共和国成立初期改为织里完小,后来随行着政区划的演变而几易校名,但教书育人的神圣职责始终不渝。1991年,织里小学迁至中华路,老街的小学旧址改为了镇幼儿园。后来幼儿园搬到新街,旧址恢复为宗教建筑。如今唯一留给人们可以望见和寻觅旧迹的，就是那棵古老的银杏树了。吴兴县第四中学始建于 1956 年，首任校长刘时圣。后来改过好几次校名，如"文革"期间改名为"实践中学"等。织里中学为国家和社会培养了不少优秀人才，而其所走过的历程也非常坎坷。2005 年，织里中学终因多种缘由，被合并入吴兴高级中学，完成了它存在于织里半个世纪的历史使命。

曾经担忧老街改造后的样子，因为新街区有太多的商厦与成片连接、几乎面目相似的童装厂房。有太多的高楼和让人感到嘈杂的小区，这并不是适宜所有人居住和憩息的理想环境。曾经盼望一个有文化品位的儒商来开发老街，曾经盼望有一位艺术家像设计作品一样来规划老街。而让人欣慰的是，老街改造的定位目标是商业、旅游、文化、民居。也许施政者还真要在繁闹的市区中，设置一块宁静而古朴的绿洲呢。

当然，我们知道老街已难以恢复清朝末期和民国年间的旧貌。当年横贯老街的金锁桥、玉杼桥、丰乐桥等六座小桥已很少有人记得它的容颜，更难寻觅宝相寺的庄严和耶稣堂的超俗。但是，许多文脉流长的民国年间字号应该可以传承或者借鉴，譬如"四面春茶楼""天生堂药店""同泰布行""福泰昌"等，全是文蕴厚重的店号。若干年后，假如有商家沿袭或者利用这些字号，或许不失为一种智慧的举动。还要特别提示的是，老街上存量很少的老宅子也应有个修复保护的规划。比如，一代名医徐振华先生的老宅，就应特别保护。还有影剧院、秦氏老宅、老街茧站、轮船码头等，在适当时机可申报作为文物保护单位。

织里老街历史上是一个乡野村落，不像晟舍那样出了许多进士和五位尚书，也没有那么多的书香韵味和著述传世。但历史清晰地记载着辛亥革命志士姚勇忱就出生在老街的西市。这位追随孙中山、陈英士革命的早期同盟会员，为上海和杭州的光复立下了不朽功勋，在反对袁世凯复辟的斗争中更是冲锋陷阵。姚勇忱坚贞不屈、大义凛然，不惜用鲜血和生命捍卫辛亥革命的共和成果。1915年7月2日，姚勇忱被袁党枪杀于杭州陆军监狱，因而在西子湖畔龙井山麓、在浙江辛亥革命纪念园里占了一席之地。还有在抗战中牺牲的赵安农烈士，连同中华人民共和国成立初期在剿匪斗争中牺牲的老街人秦家书烈士、1969年在国防工程建设中英勇献身的沈阿章烈士，他们的英魂永远留在家乡人民的心中。

老街是织里的根基，老街是织里的祖庭。如今40岁以上的织里人，大多与老街有着千丝万缕的关系。他们有的在老街出生并且度过了快乐的童年，有的在老街念完小学、中学而走向更加宽广的世界。老街的内涵在他们生活中是那么的刻骨铭心，老街是织里人心中无法割舍的念想。

"杨柳不遮春色断",我们期待着织里人魂牵梦萦的这条老街涅槃重生。

2016年春节

再话织里老街

老街是清灵的织溪水酿造的一坛醇香米酒；老街是宝相寺高僧精心采摘制成的一味禅茶；老街是蕴藏着一串长长的故事；老街是人们历久弥新的念想；老街是一缕缕挥之不去的乡愁。

2016年3月，拙文《梦绕魂牵的织里老街》在《湖州晚报》（人文版）发表后，连续数天收到许多织里人的电话，其中一位年逾八旬的老人来电说："我在老街生活了大半辈子，对它有着非同寻常的感情。近年来看见它日趋冷落甚至有些荒芜，心里很不是滋味。现在要改造老街了，希望留住原先的一些样子，让这种难以割舍的情感延续下去。你的文章说出了许多老街人的盼望。"更有与老街有渊源的人发来许多短信，表达了自己的情感和期待，不妨摘录几则共享。

织里中学资深语文教师施女士3月22日的短信："昨天语文课，我和学生一起拜读了您的《魂牵梦绕的织里老街》，尤其细读了第2节、3节、5节、6节、10节、12节，这些

二 萦梦老街

小织里人被您的文字和情怀感动了,我也由此感慨良多。"

"拜读了那篇老街文章和照片,似乎又把我带回到20世纪70年代下乡插队的日子。让我又一次重温了当年我们知青到织里大队部集体学习,在老街西市的沈阿章烈士展览馆当讲解员的情景。那时的老街,很繁荣很热闹。清澈悠长的织溪,沿街都是供销社的商店,我们曾在这些临河的商店里闲逛和购物。东市还有许多渔民和渔船,下午都能买到活蹦乱跳的鱼虾。老街人都很宽厚淳朴,对我们每位知青都很热情。感谢您在时隔几十年后把织里老街重新介绍给大家。" 这是湖州知青谭瑞宗女士发来的短信,字里行间充满对老街的怀念和留恋。

《织里老街》的文章配发了几幅老照片,阅览这曾经非常熟悉的景物,引发了人们的许多感慨和议论。让人有些意外的是,政府改造老街的行动颇为迅速,虹桥西堍的一些民居,2016年春夏已被部分拆除。为了留住记忆和乡愁,有人建议我搜集织里老街的旧照片。于是,我向朋友圈发出征集老街旧照片的短信。不久,我陆续收到了几十张有关老街的非常珍贵的老照片。其中,有20世纪七八十年代的老街风貌,有织里小学拆除前教职工在古银杏树前的合影留念,有一群刚刚下乡的知青在沈阿章烈士展览馆前接受革命教育的场景,有陈晓梅女士传来的织里中学30周年校庆的合影和校园风景,还有吴震先生1999年特大洪水时拍摄的淹没老街西市的照片。我想，这些照片真实地记录了历史的某个时代、某个瞬间，也是古镇穿越时空的文化记忆。令人特别高兴的是，我还找到了一张非常有意义的老照片，2008年，我应邀编写《大港村史》，时年90岁的郑之慎老人赠给我一张摄于1949年秋的织里镇首届人民政府工作人员的合影照。他还指着照片告诉我，后排左四是首任镇长任国桢。如今郑之慎老人已仙逝数年，这张特别珍贵的照片却保存了下来。我想，如果编修镇志，此照片尤为重要。因此，我在电脑里专门建立了"老街照片"的文件夹，说不定今后能派上用场。

《织里老街》文章有"曾经担忧老街改造后的样子""曾经盼望一个有文化品位的儒商来开发老街，曾经盼望一位艺术家像设计作品一样来规划老街"的语句。而且这样的担心真实地存在于好多社会贤达的心中。织里镇退休干部何松才先生在电话中说："你写的老街文章我认真地读了，有的地方细细地读了。文章中的建议都很好，但是真正要做成这样是有难度的。关键是要看领导们的智慧和决心。"关于保护为数不多的老宅，关于做好织溪河水的文章，政府是否会单纯地从商业和经济角度来开发老街，老中医潘振祥先生等人对此表达了共同的愿望和忧虑。很多人还说自己收藏和保存了这篇文章。

2016年6月，一个蝉声悦耳的上午，我正在美丽的长

二 萦梦老街

岛公园散步，忽然接到了上海某建设单位一位自称是丁先生的电话。"喂，徐老师吗？我是上海建筑设计机构的小丁。是织里镇政府某领导让我联系您的，我们正在做老街改造的规划设计，想听听你们的意见和建议。"我很高兴，因为在电话中得知他是织里人而且出生于老街，我与其父母、祖母都很熟悉。我让他加了我的QQ，以便随时联系。此后，我们就成了QQ好友。丁先生告诉我，他这次奉命做改造老街的规划设计，事先查阅了许多老街的资料，走访了许多在老街生活过的人，回忆了自己童年时代生活在老街的往事，也读了网络上有关织里老街的文章。丁先生说，镇领导对改造老街的规划设计要求很高，希望有老街的古韵，有较高的文化品位，有织里老街灵魂的元素。而自己将竭尽智慧，设计出一幅让家乡人满意的作品，希望我多提些意见。我对小丁说织里老街虽形成于明清年代，但其正留下的旧建筑和具文化价值的并不多，遗下屈指可数的几座古宅子已显破败，比如，位于西市的顾宅、位于织溪西头的秦家老宅，这些要尽可能保护下来。还要做好织溪的水文章，比如，"五溪漾""北浜兜""吴家塘"，还有"秀才弄""狮子桥"等古老的很有历史文化价值的地名和桥名，如何做好"古为今用"，这里面就有好多好多的文章可做。可利用这次老街改造的机会，规划建造镇史馆、乡贤馆、民俗馆和英烈纪念塑像。小伙子认为我的想法很有见地，我们每次聊天都很开心，俨然成了忘年之交。

> 乡的弦

"问渠那得清如许？为有源头活水来。"2016年中秋节前夕的天气，已有金风送爽的味道，我的病情有所好转，心情很是怡然。9月9日上午，织里镇镇长宁云在他的办公室约见了我。从织里的童装提升到环境整治，从凌濛初的"二拍"到太湖的溇港文化，再到编修镇志和老街改造，我们聊了40多分钟。令人欣慰的是，年轻的镇长对织里的经济发展充满信心，对织里的文化建设更是成竹在胸。宁云镇长说："晚报上刊登你有关织里老街的文章，吴智勇区长阅后专门写了批示，我也认真读了。你的想法和所提的建议很好，我们已请有关机构在设计图纸。我特别强调，织里老街的规划不能与其他地方千篇一律，必须要有织里老街的灵魂和味道，否则就失去改造的意义了。"领导们对老街改造的设想与老百姓的期待如此接近，真是织里老街之幸，更是老街人之福！

织里老街经历了岁月的洗涤，沧海桑田，静待再变。再话老街，是诉说它的坦荡和恬然，无论是风霜雨雪，抑或是战火烽烟，它都默默承受，冷观世事的变迁。而西市的那棵有些斑驳的古老银杏树，以其独有的悠闲姿态，向一代代的织里人讲述着关于老街的故事。

2016年10月

织里老街的人物脸谱

一条曾经居住和工作了许多年的窄长老街，蕴藏着那么多的故事，那些曾经非常熟悉的人物脸谱，成为无法抹去的记忆。

20世纪80年代前的织里小镇是那么的宁静和清丽。店铺沿织溪手牵手栉比，自西栅的竹木部到东端的食品站，笼统不过几十家。老街上的人们几乎都相识，尤其是小有名气的人物，至今在人们的记忆中。

当时人民公社的领导无疑是小镇上的"大人物"。他们差不多天天下乡，好多时间下田劳动，与生产队的社员打得滚熟，甚至能叫出许多老百姓的名字。而织里西栅的耶稣堂则是小镇上的"高干楼"。这幢民国初期建造的洋建筑，上下两层楼房，内部全由精良的木质构造。人民公社年代，耶稣堂改为领导们的宿舍楼。在笔者的记忆中，曾经有公社书记李老四、副书记董涵中、资深老干部张肇廉、人民武装部长钱柳毛、妇女主任李新美等在这座楼里居住多年。老百姓可以在早上或晚间,随时到他们家中倾谈诉求。老街上唯一的西式建筑在20世纪80年代初被拆除,如果保留至今,也许已申报成为文物保护单位了。这是织里老街的一大遗憾。

  在农村集体化年代,织里老街出现过许多"小镇名人"。他们都是普通的老百姓,但确确实实因为有某些特长,并且为群众做事而被农民认可,成为家喻户晓的"名人"。他们有的尚健在,有的已经作古,他们的故事依旧在老街传诵,他们的脸谱还深深烙印在老街人的脑中。

  卜祥生是织里粮管所的验粮员,高大的个子,不苟言笑。当年生产队缴纳公粮余粮,都要经他验收方可入国家粮库。每到收粮季节,老卜几乎整天穿梭在一条条装满稻谷的农船上。他手拿一根特制的铁杆,随意地往稻谷深处一插,铁杆抽回后倒出被吸收在空心处的几粒稻谷,放在碾盒中一碾,然后放入嘴里一嚼,就知道稻谷的干燥成分。当年老卜非常权威,说一不二,经他验收合格的稻谷方可过秤入库,不合格的就让晒干后再来。记得有一次,我们生产队一清早载了一船稻谷到虹桥仓库交粮,老卜验收后说不合格,我们苦苦哀求,他就让在粮库的晒场上晒到下午再验。不料刚过中午,天空乌云翻滚,狂风骤起,雷阵雨即将降临。此时,老卜忽发善心,叫我们赶紧收粮过磅,他自己也来帮忙。稻谷入仓后,大家浑身湿透,已然分不出是雨水还是汗水。

  王桂清是织里食品站的生猪收购员，白白胖胖，为人随和，平时喜爱喝一点老酒。当时织里公社的数千农户，家家饲养生猪出售，作为农家的一种副业收入。凡到食品站出售生猪，都要经老王验收定级定价。每天清晨，食品站门前农船云集，生猪嚎叫声震耳。老王身穿黑色的塑胶背带裤，按农民先来后到的顺序验收生猪。他往猪身上一摸，然后往猪屁股踢上一脚，就喊出这只猪定价几级，农民绝不能讨价还价。一日某农妇售了一头养得肥肥胖胖的好猪，老王验收后定为二级。农妇以为定低了，就对老王说："我养了头这么好的猪，你为什么连三级都不给啊？"老王笑着答："你要三级就给你三级好了，真蠢！"原来，当时一级猪价格最高，被定为二级生猪也是稀有的，农妇搞错了。这件事一度被人们当作茶余饭后的笑话。

  集体化年代的织里农村，遍地稻梁桑麻，户户饲养湖羊生猪。农民种植的蔬菜品种主要有大白菜、丁香萝卜、大头菜、油菜等。油料作物由粮管所收购，供销社则是蔬菜类的收购大户，因而收购员唐荣江先生是与织里农民打交道最多，也被论道最多的人员之一。每到秋冬季节，正是大量蔬菜上市之时。虹桥南端的收购部前，农船停满，河道非常拥堵。老唐跳来跑去地验收蔬菜，按质一口定价，绝无还价余地，这是计划经济年代的特征。老唐眼有残疾，有的农民菜价被定低了,就骂老唐是瞎子。他却不以为意,"本来就是瞎子么!"然后一笑了之。

　　老街上有许多知名度很大的小人物,他们身上都有着一串串故事。岁月流逝了许多年,而他们的脸谱依然很清晰。

2013 年冬

那个清癯的背影

一座老宅，一个女人，一把扫帚，一条巷子。相伴了60年的故事，听着听着感人肺腑和暖心，写着写着却有些辛酸和滞重。

织里老街西市，一座建造于1958年的老宅。宅子外面有一条百米长的巷子，它从镇政府旧址门口，一直延伸到清灵流淌的织溪河埠。宅子里的一位女士，天天弯着腰，弓起背，手握长长的竹柄扫帚，扫啊扫，捡啊捡。

早出晚归，日复一日，老街还在晨曦的朦胧中，女士就开始自己的工作了。她扫走了春天的落英、夏日的喧嚣、秋天的稻尘、冬日的残雪。

日出日落，云卷云舒。农用车散落的碎石被她捡走了，织溪河埠边飘浮的水草和杂物被她捞走了。种海棠栽蜡梅，老宅的庭院被她打理成了一座美丽花园；悠长的巷子，被她收拾得像一首清丽的诗、一幅雨巷般的画。

乡的愁

年复一年，花开花谢。1958—2017年，女士眼睛里最容不下的，是那些垃圾杂物和不文明的言行。她默默无闻地在这条巷子里打扫了60年，从青丝到白发，扫帚废了一把把，徒手搬走的垃圾有无数吨。她潜移默化地影响着这个社会的风气，一些曾经言语带脏词的青年，一些平时不注意卫生的外来者，被她的不懈规劝所感动，终于成了文明人。女士2017年已经93岁，虽为耄耋老人，但初心无改。近年，老人双手患了严重的风湿病，关节严重变形，但在这条长长的巷子里，依然看得见她弯腰捡拾废物的背影。

老人名叫顾丽蓉，是织里名医毛先生的夫人。民国十四年（1925）出生，曾供职于织里医院，与"救死扶伤"的职业伴行了几十年。

老人出身于织里老街的富家大户，幼年深受其爱清洁的母亲言传身教，从小就喜欢在家里打扫和打理零零杂杂的家务。她受过传统文化的教育，少年时期受到过革命思想的影响。老人说："小学四年级时抗日战争爆发，学校组织我们上街喊口号，贴标语，宣传抗日。那时我们还参加了中共地下党领导的歌咏队，下乡到附近的村庄演唱《流亡三部曲》《放下你的鞭子》等革命歌曲，回忆这些无法忘却的年代和往事，至今还是很有激情。"

顾阿姨性格开朗，爱好文艺，尤其钟情京剧。年轻时是镇上的文艺积极分子，曾经参加文工团，在京剧《打渔杀家》、越剧《梁山伯与祝英台》中扮演角色，台风和唱腔俱佳，至今仍有织里老街人对其津津乐道。老人退休后，过着悠闲的生活，读书、看电视、听戏剧，真可谓有声有色。20世纪90年代，镇上的一次文艺演出，老人应邀参加，还兴致勃勃地登台演唱了一曲京剧，赢得了全场掌声。

老人素有慈善仁爱之心。对于老弱病残常常伸出援助之手，修桥铺路之善举老人总是慷慨解囊相助。那年得知青海玉树发生特大地震，老人默默取出积攒多年的退休金1万元，步行到镇上的民政部门，托他们捐献给灾区人民。

织里老街因政府新的规划正在被拆除，在老街人的强烈呼吁下，老人居住的老宅作为"名医故居"被保留下来。而旁边的那条巷子，从泥土路、砖块路，到如今平坦的水泥路，经历了60年风风雨雨的变迁，它见证了老人清癯而美丽的背影……

2017年6月

老 邻 居

从秋天到秋天,寓居湖城足足两年了。或行走于闹市,或散步于公园,时不时地总能邂逅一些织里的老熟人。而最让我欣慰的是,遇到了3位曾经相处多年的老邻居。

第一位邻居周先生,那时我们居住在乡村的老宅。周先生是我儿时的伙伴,从记事时起几乎天天做伴。嬉笑怒骂,打闹爬滚,钓鱼抓黄鳝,皆是值得回忆的时光。八九岁时同上村里办的小学,十二三岁又跪在绑着红布的扁担上,向关帝行叩拜大礼,结义成异姓兄弟。后来因为工作和家庭缘故,我先离开了小村子。但逢年过节、婚丧嫁娶,我们都要去帮忙,依然能经常碰面。尤其是从2000年起,我们结义弟兄郑重约定,每年的1月上旬聚会一次。周先生早年在生产队务农,日子过得也很艰辛。中年时经营服装生意,开始勤劳致富。而晚年从事别业,颇具名声,收入不菲。他七八年前就在湖城买了房子,居住湖州多年了。

陈先生是我在镇上工作时所结识的邻居,从1980年到

二 萦梦老街

1984 年，我们相处了大约 5 年的时光。那时，织里镇秀才弄东侧建有一幢公租房，上下两层各 14 间房，每间房 20 多平方米，居住着 28 户人家。租金很便宜，每平方米仅收 1 角钱，由镇房管所收取。楼上有一条长长的走廊，与各户的房门相通。区区 20 多平方米，大人小孩住上三四个，而且没有自来水，没有抽水马桶。走廊上，几乎家家都摆放着小煤炉和小水缸。我家住在最东面的一家，进出都要走过 13 户人家。从河埠拎来一个桶水，必须侧着身子行走过道。那时的邻里之间很友好，大家相互熟识，彼此相知，平时常串门聊天，遇到一些事能相互关照，如寄托小孩、下阵雨时帮收衣服。有人戏称这幢楼是小镇上的"七十二家房客"。但这些散户留给我的印象是关系极融洽，相处了许多年，没有看见过邻里之间的相骂打架。静静思之，这是一幅多么和谐的乡镇邻里图呵！

邻居陈先生在镇上的铁器社上班，而他的本行却是裁缝师傅，做得一手好时装。因此，工作之余，还在窄小的家里放了架缝纫机。陈先生为人朴实，平时也咪点小酒。他最大的爱好是下象棋，而且有一股钻研劲，有时一个人拿着棋谱摆弄大半天。他有众多的棋友，经常相聚切磋棋艺。因此，织里镇上举行的象棋比赛，陈先生连续三届都夺得了冠军。其妻顾大姐给人留下深刻的印象，不高的身材，行事干练且乐于助人，为人善良而富有正义感，社会上的不良现象就数她敢于指责。顾大姐烧得一手好菜，有时还夹上一小碗送给我们品尝。她疼爱自己的两个子女，同时也喜爱着邻居家的孩子。邻居们外出办事时，总会把小孩寄托给顾大姐照顾。有时一高兴，她会买来许多小菜，专门烧给整个楼层上的五六个小孩子吃。小小屋里童声稚语，顾大姐脸上溢满笑意。顾大姐年轻时还是小镇上的文艺骨干，文艺会演时她总要登上舞台唱上一段越剧。陈先生一家在1987年为生计搬迁到湖州，现在子女事业有成，幸福美满。几天前晚间散步，我在项王公园又遇到了顾大姐夫妇。在品茗聊天时，得知她在参加街道里的排舞队和腰鼓队，还在参加市里的烹饪比赛，并且拿到了名次。而陈先生则对象棋的喜好初衷不改。

1984年秋，我与潘先生在小镇西市合建了住宅，从此我们成了新的邻居。潘先生擅长经济管理，曾担任镇上管理工业的领导，按老百姓的说法是个"场面上的人"，为小镇经济发展做出过一番贡献。他十余年前提前退休，受聘于民营企业老板，辅佐他们取得事业上的某些成功。潘先生为人热情睿智，他总认为湖州是座宜居小城，故已迁居湖州十余年了。现功成身退，颐养天年。我居湖州后，经常与之品茗叙旧，往来频繁。其妻吴氏，热情善良，前几年在沪带孙女，现已回湖州陪伴夫君，唱唱越剧，怡情悦性。

乡里有俗语："先有邻，后有亲。远亲不如近邻。"三家早先的邻居，在记忆中蕴藏了许多难忘的故事。既有甜美的场景，也有辛酸的细节。有时相互分享快乐，有时共同分担烦恼。也许，这就是旧时真正的邻居，这就是"远亲不如近邻"的真正含义。

"未觉池塘春草梦，阶前梧叶已秋声。"时光流过了许多年，住所搬迁了不少次。当我们两鬓染霜回首人生往事时，对老邻居必然是一份浓浓的怀念。

2015年冬

乡的弦

那片桑园

整理旧书房，不经意间翻出了几册30年前创办的刊物《桑园》，蓦然记起那是郑伯林先生几年前特地送来让我保存的。我很惊喜，这是我们在20世纪80年代初期创办的纯文学油印期刊，依稀记得总共才办了四五期，但给许多人留下了难以磨灭的印象。

《桑园》的封面是本土艺术家许羽精心设计制作的。"桑园"两字沧桑遒劲，整张封面仅有一株桑条和几片青绿的桑叶，简洁明快，有一种特别亲切的乡土味儿。打开封面即是第一期《桑园》的目录，纸张被岁月浸润得有点陈旧发黄了，但基本内容仍然可以辨读。小说、散文、诗歌、艺评、寓言等门类齐全。第一期上有沈方与施新方的诗歌，有郁培荣的叙事散文，有柳自成的《空间》等。这些作者我大多认识，至今还大致记得他们的容貌，有些人还保持来往。他们当时刚跨出校园不久，都是20岁出头的年龄，却对文学有一种挚爱。如今，他们中的很多人已在文学艺术的道路上颇有收获并臻成熟,在本市文学艺术界小有名声,譬如沈方、俞力佳、柳自成、施新方、许羽诸君。假如今天他们忽然看到这本当年的油印刊物《桑园》时,必定会有一番超越时空的感慨。

曾有人问及刊物为何定名"桑园",记得当年进行了颇有意思的争辩。先是有人提议起个新潮些的名字,结果很快被否定了。大家认为,织里地处南太湖水乡,应起个有地域色彩的名字。于是,"百合花""水红菱""野葡萄""桑园"等名称一一摆到案上。斟酌再三,决定选取"桑园"。

桑园是多么乡土的意境,最能代表当时的水乡农村。30年前,织里老街向四周延伸,桑树就成片地装进你的眼帘。它们生在田野边,长在小河旁。农舍的房前屋后,随处都有桑树参差的影子。"依依陌上桑,婉婉桑间妇。"春天,它们悄悄地绽出嫩芽,然后默默地长成一片碧绿,任凭采桑女小心翼翼地采摘,百年至千年。初夏,桑树的枝条上还生长出桑葚,紫葡萄一般的果子,曾经为幼年的我们解决了无数次的嘴馋。桑叶,成片的桑园喂养了一代接一代的春蚕、夏蚕、秋蚕,用它们的全部生命书写了丝绸之府的美誉和光彩。秋季,当它为秋蚕献尽最后一点乳汁后,就踏入严冬,在凛冽的寒风中举拳呼号,重新孕育新的生命。而让我感到不公和不解的是,昔时农村中曾有"谢蚕花"的习俗,却没有祭拜"桑园"的仪式。真不知道桑有灵乎,

乡的愁

桑有神乎？

办《桑园》期刊，都是我们这些毫无经验的"编辑"动手。约稿、修改、校对、审稿、排版、插图、刻蜡纸、油印、装订，都是业余人员和业余时间，有时干到深夜吃碗"笃笃馄饨"，则皆大欢喜了。《桑园》作者没有专职的老师辅导，都是自学和相互探讨而写出的粗浅作品。那时我的工作岗位是织里公社文化站，记得一次诗人柯平（现任湖州师范学院文学院教授）来织里，那时柯先生非常年轻却已名声斐然，大家缠着他讲授诗歌知识，柯先生很爽快地答应了。那天晚上，我在公社的二楼找了间会议室，买了点葵花子和水果。讲座有十多人参加，没有欢迎的横幅和麦克风。柯先生讲了诗歌创作要素和体会，还很风趣地讲了一些自己的诗歌创作技巧。我们可以尽兴地提问和任性地抽烟，讲座开得如同联欢会一般热闹，一直到夜色深沉才结束。柯平从此也和织里的业余作家结下了文学之缘。

"青山遮不住，毕竟东流去。"随着美丽乡村的建设和城镇化的深入开展，昔日成片的桑园一天天缩小、年复一年地消失，农村也慢慢地换上了符合时代节拍的衣装。

捧着那册薄薄的纸张有些泛黄的《桑园》，如同一天天缩小的桑园，我禁不住发出一声岁月换容颜的叹息。当年那些孜孜不倦追求文学梦的年轻作者，如今已经进入中年或正步入老年。也许,在经历了人生的千山万水,感受了人世的酸甜苦辣之后,他们还在思索,还在回望那片曾经碧翠的"桑园"。

呵,桑园!那片曾经青翠葱绿的美丽桑园!

2014 年夏

乡的愁

织里大队知青 40 年后再聚首

2016 年 1 月 17 日,冬日的天空飘着细细的雨丝。有些冰冷的大港宾馆五楼会议室,忽然热度增高,分别了 40 年的织里大队知识青年,从各自的居地赶到这里聚会。畅叙旧谊,记忆乡愁是这次聚会的主题。

作为特邀嘉宾,我也荣幸地参加了这次聚会。91 岁高龄的原大队书记郑志高,在会上发表感言,并用织里土语演唱了《洪湖水浪打浪》歌曲,赢得了全场浪潮般的掌声。

曾经分管知青工作的郑信林,如今已逾古稀之年,他激情地回忆了数十年前的往事。据郑先生介绍,20 世纪六七十年代,下放在织里大队的知青有一百零几人,陆陆续续地下来,三三两两地上去,前后延续了大约 10 年的时间。

大队每月组织他们学习和开展各类活动,这些情景尚历历在目。我当年任织里大队会计,知青们的活动都由我开给工分证明单,他们凭这单子回生产队拿工分,许多人和事至今记忆深刻。会上,知青们回忆了当年响应伟大领袖的号召、接受贫下中农再教育的经历,以及这些经历给自己人生之路产生的影响。大家感慨,在这块土地上,有他们洒落的美丽青春和涔涔汗水,沾着酸甜苦辣的人生五味,对这块土地有着特殊的情感。当天实到有60多人,有些人联系不上,有些人因故未来。让大家感慨的是,其中有五名知青已离开了人世。

当年朝气蓬勃的青年,在经历了人生"万水千山"的漫长跋涉之后,如今大多已迈入花甲之年,当上了爷爷奶奶抑或是外公外婆,尽享天伦之乐。这次相聚,激动之余,更多的是回忆往事,互道珍重,互致祝福。上海朱麟谊是插队时间最长的知青,前后在织里大队待了12个年头。当天的聚会上,朱麟谊百感交集,甚至热泪盈眶。他激动地为当年的插友祈福,祝愿大家在现有爷爷奶奶的辈分上,升级一个"太"字。大家拍了许多照片,有集体合影,也有分生产队的知青合影,留下了珍贵而美好的瞬间。这些照片我们将永久珍藏。

下午,知青们还分别寻访自己曾经生活和劳动过的地方。环境已发生了太大的变化,当年的成片农田和悠长水渠,已变成栉比的商厦或宽敞的道路,很难觅见旧时的痕迹。唯有织里老街,还保留着一些当年的容貌。吴美江在邱家塘找到了当年知青屋的遗迹时，雀跃起来。寻访中，他们还遇见了几位下放时熟识的农民，感到分外亲切，话匣子打开后无法收拢。原插队在红丰大队（当时与织里大队合并，现为东湾兜行政村）的知青，特地拜访了该村的新老领导和有关村民，受到了村委会的热情接待。当得知《东湾兜村志》已编成初稿，并在"村民村情"一章中列专节记述当年的知青情况，大家非常高兴，对村委干部表示感谢。

聚会发起人是上海知青朱贤仁先生，大家都习惯地叫他的外号"兔子"，他也乐意接受，感到称他"兔子"更加亲切。"兔子"先生事业有成，心中依然牵挂织里的土地，思念曾经的插友。筹备者秦光旭、陈晓梅、谭瑞宗、吴美江、凌莉莉等人更是不辞辛劳，四处联络，为聚会付出了心力，终使本次活动圆满成功。大家称这次是兄弟姐妹的聚会，是历史连接未来的纽带。

2016年春节

毛先生——老梅虬影亦芳华

雪花纷飞,傲然绽放。平生最爱梅花,犹喜蜡梅,是凌寒怒放的梅仙。一棵老态龙钟的梅树常引我驻足,喜欢它的虬枝沧桑,错节盘根;喜欢它的疏影横斜,暗香浮动;喜欢它的遗世独立,品格高洁。

最妙赏梅处,是我的忘年交、老中医毛先生的私宅。先生今年已是93岁高龄,60多年前,他亲手在自家庭院种植了一株蜡梅树。寒冬时节,蜡梅悄无声息地孕育花蕾;三九一到,仿佛接到天神谕旨一般,就努力地打开花苞,任凭雪压霜欺。如姑娘般起初害羞似的,先探个脸儿,一朵、两朵,随之即迫不及待地满枝满树、毫无顾忌地开放了。淡黄色的蜡梅最惹人喜爱,清香弥漫了整座庭院。而那曲虬的枝杈又努力地伸出院墙之外,让幽淡的香味铺满了幽长的巷子,引得路人纷纷驻足、仰望、赞叹、回首。

誉满浙北地区的毛先生,大名徐振华,乳名阿毛。许是小名好记吧,十里八乡的老百姓皆尊称其为"毛先生"。

民国十五年（1926），毛先生出生在太湖溇区一座古老村落的中医世家。8岁上私塾，接受传统文化教育，后来转到大钱古镇读小学，成绩优良。据其中医老祖父的意愿，14岁拜投湖城名医潘春林先生门下学习中医。从此，无论寒暑，他勤奋刻苦，医学典籍，熟记于胸。18岁学成满师，19岁在老家设柜行医。老祖父为其留下训言：以医德为重，以治患者之痛为己任。

一番寒彻骨，迎来扑鼻香。20世纪40年代的湖州北门外，正是被日寇侵占的区域，塘北一带土匪滋生，杂牌部队横行。青年徐振华就在这样的环境下肩背药箱，走村串户为患者治病，无分寒暑晨昏。对于患者，他望闻问切，耐心细致；对于疑难杂症，他刻苦钻研，不断总结。几年下来，师出名门并且拥有非凡智商的他医术突飞猛进，年纪轻轻就声名鹊起。中华人民共和国成立初期，先生虽然仅20岁出头年纪，却已在多个集镇设柜行医，医术日臻，闻名乡里。

对待中医技术，先生严谨认真、精益求精。同时，也把这种态度用在他认为对乡民有益的事情上。1951年，他响应政府号召，率先在织里镇成立联合诊所（今吴兴区人民医院的前身）。几位老医生深情地回忆，联合诊所筹办期间，毛先生身体力行，事必躬亲。选址买地，请施工人员，购建筑材料，甚至连砌墙用的石灰他都亲自跑到长兴去选购。诊所建成后，毛先生踏遍轧村、太湖、晟舍、戴山等地，

萦梦老街

把许多乡村郎中聘入诊所，共襄善举。1958年，联合诊所改为织里医院，众望所归的毛先生被推为首任院长。后来又被选为县市人民代表。他利用在外面出诊的时间，关注民生和社会环境。于是，一份份关于医疗卫生、文化教育的建议和提案提交到了各级会上。因此，他这个人民代表的身份，一直延续到20世纪80年代后期，还曾被选为湖州市郊区（县级）人大常委会副主任。

梅花的幽香总是默默馈赠于人。30岁出头的毛先生医术已经炉火纯青，四方八里的患者慕名赶来联合诊所求医。先生待人亲和，有求必应，收费低廉，许多大医院治不好的疾病经他治疗后基本都能痊愈。因此，他被人们称为"毛仙人"。

李明英，1962年出生，吴江市八都镇长家湾村人。1991年确诊患上口腔肿瘤，口腔上部严重溃烂。其丈夫先是把她送到苏州市第一人民医院治疗，住院十几天，无效回家。接着又到上海市第九人民医院治疗，该医院的口腔治疗技术，当时在国内属于领先水平。她住院治疗了两个多月，医生施尽了各种手段，依然无效，她回了家。这次住院花了3万多元人民币，在当时是一笔很大的数目。家中已债台高筑，丈夫准备卖掉老宅还债。儿子才9岁，病情日益严重，李明英绝望了，产生了自寻短见的念头。此时，有熟人劝李明英到织里去找毛先生治疗，说兴许有希望。亲人陪她到了织里老街的医院，毛先生仔细看了后，让他们随其到自己家中。先生在瓷瓶中拿出一盒药，倒出一小包递与李明英："这是我们几位老中医自己研制的药。回家后，用管子把药吹到口腔患处，可能有用。如果一个礼拜后不见效，那就不要再来找我了。"她回家后，遵医嘱每天吹疗。一周后，奇迹出现了，她嘴内灰底板上的烂肉自动脱落了，一块一块的。她让丈夫买来一把新剪刀，在火上烧了一下，把零碎的烂肉剪了下来，感觉就好了许多。她又去看了毛先生，老先生开了药方，让她服中药慢慢调理。两个月后，李明英的病有明显好转，坚持服中药一年多，完全治愈了。此后身体一直健康，能干各种农活，如今在八都、盛泽都买了商业房，还帮儿子管理饭店。李明英把毛先生当作救命恩人，平时常有电话问候，过年时登门拜访。某日在织里大益堂，我巧遇李明英，毛先生也在。抓住这个难得的机会，我做了简略的采访。末了，我问那种神药的名称，先生说叫"口疮散"，现在已无人会配制了。李明英接口说："那年先生给的药，我家里还余下了一点点。"

改革开放之前的乡镇医院，医生出诊是家常便饭，也是约定俗成的规矩。作为一院之长而且是患者最信赖的医生，毛先生出诊率总是最高的。而回访患者则是先生一以贯之的坚持，可以说是那个年代的特殊符号。21世纪初，重兴港村的一位老人发出内心的敬佩和感慨："毛先生行走于村庄小路的形象,经常在我脑子里萦绕。在织里镇,他是穿破布鞋最多的人。"

梅香一径,难离冰霜,正如人生,苦乐相随。"文革"期间,毛先生被打成"反动学术权威",遭受批斗,举家被迫迁出私宅。庭院里的花草被踩得一片狼藉,蜡梅树虽未铲掉,但也被野蛮之手攀枝摘蕾,不久即气息奄奄了。"玉骨那愁瘴雾,冰姿自有仙风。"两年后,主人回归,蜡梅树也死里复生。几年后又郁郁葱葱,暗香涌动,成为织里老街的一道秀色,更是人们心中的一缕乡愁。如今,织里老街拆除重建,地方政府顺应民意,毛先生旧宅连同那株蜡梅,已作为名医故居被保留了下来。

虽曾历经坎坷,但先生的古道热肠未曾蒙尘,退休后更是初心未改。清晰记得,2006年正月初九晨,大街上还弥漫着烟花爆竹的味道,先生前来探望我,见面就说刚从乡下为一农妇治病回来,说这是自己必须经常关照的患者。原来织里镇某村一年逾花甲的农妇,丈夫故世多年,女儿已出嫁,智障儿子在家,母子艰难度日。近年,农妇患病,丧失劳力,贫病交加,家徒四壁。医药费依赖村民5元、10元的救济。了解此状况后,先生每次去其家中治疗,不收诊费,常常自己掏钱让她买药。先生还与镇上的一家药店协调好,凡这位老人持其开的处方来买药,药店须按药品进价卖给她。先生一边感叹,一边让我接通了镇政府民政科的电话,建议对农妇家庭给予困难救助。一路风尘一路歌,在织里的乡间小路上,人们最熟悉的,依然是毛先生的匆匆背影。

先生性格开朗,为人随和,集名医与儒医于一身。幼年曾读私塾,有较好的国文功底,好读书且层面广泛,《古文观止》常读常新,《名人传记》和地方文史较多涉猎并有所思索。李白的《将进酒》、苏轼的《水调歌头》等许多优秀诗词,他都能背诵个八九不离十。先生的毛笔字写得很有功力,与本市已故艺术家李英、王礼贤、吴迪庵等老先生常有交往,家中藏有书画名家朱古亭等人的作品,老街上"织里医院"4个遒劲的行书字,就是他亲笔书写。先生平时也喜欢听京剧,《苏三起解》和样板戏《红灯记》的唱词,还能随口哼上几句。

先生喜欢文艺,亦喜欢旅游。笔者有幸几次与先生结伴同行,让我深感快乐和敬佩的是,其旅游行程也是采摘草药和悬壶济世的过程。

2004年春暖花开时节,我们组团去庐山。在牯岭某宾馆,我与先生同宿一室。深夜4时许,我被他叫醒起床,说是去看日出,其实"醉翁之意不在酒", 他为的是采摘山上的药草。在一座似是机关的庭院里,先生惊喜地发现了一株平时少见的草药。采摘时不小心弄出声响,守院老

二 萦梦老街

妇以为是小偷,大声吆喝着追了出来。我赶忙向她解释我们并非"梁上君子"而是游客,并介绍毛先生是湖州的名老中医。老人一听转怒为喜,原来,她患有异病,久治难愈,虔诚地请先生诊脉开方。先生医者仁心,问了病况,认为此疾不难治愈,即为老妇人把脉后开了药方。嘱咐有关注意事项后,还留下了自己的宅电号码。3个月后,老妇果真打来电话说,煎服了先生开的中药后,病已基本痊愈,感谢老先生的救治之恩。

印象最深刻的还有太湖三山岛的"两次游"。一游是在2017年初春时分,我们去该岛游玩。刚登岸,有村民认出是名医毛先生,即请其诊疗。因为是岛上派出的游艇,消息传开后,村里的患者陆续赶来。村书记把先生请到村礼堂,摆上桌椅,沏上好茶,让村民按序就诊。从上午10时到下午4时,92岁的老人为40多名患者诊脉开方,未收分文诊费。离岛时,村民送上山货和鸡蛋等土产,先生皆婉言谢绝。因为那次没有游玩尽兴,于是有了第二次的岛游。那是一个多月后的5月10日,这次不雇游艇,由艺术家许羽驾车直接开到苏州东山乘渡船登岛。那天很开心,雇游览车沿岛兜了一个圈,饱览了山色湖光。下午在"皇家采石场"游览时,毛先生还是被人认了出来,有患者拉住先生,非要先生为其看病。先生就坐在一块大石头上,仔细问了他的病状,为其诊脉开方后,又同他一块采摘山

乡的愁

坡上的草药，说这种草药新鲜，效果好，管用。先生边采摘边感慨："这岛真是一个天生的中草药基地，要好好保护利用啊！"傍晚，我们在西山岛的傍湖农家饭店用餐，把酒临风，看夕阳缓缓沉入太湖，感叹人生几何。归家途中，先生余兴未尽，与年逾八旬的弟子唐家华在车里谈古论今，吟诗作文，不亦乐哉。

"一花一世界，一叶一菩提。"不知是先生的博施济众之心感化了梅树，还是梅仙要报先生的再生之恩。令人啧啧称奇的事情发生了，2015年至今连续3年，先生庭院里苍老的蜡梅树下，长出了一株直径逾15厘米的硕大灵芝，请教专家称是"树舌"，无毒可食用，先生摘下后却送来让我营养补身。许羽说："庭生芝兰，必定祥瑞。"而今，名医夫妇已逾"上寿"年龄，先生依然思维清晰，身体健朗。那株蜡梅的树体虽显沧桑斑驳，但虬影婆娑，花开之时，香飘云天。

"江南腊尽，早梅花开后，分付新春和垂柳。"我与毛先生相约：春节后，梅花盛开之日，我们共赴东方梅园，尽情观赏那千树梅花，吟读淡淡浓浓的乡愁……

2018年1月25日　窗外正雪花漫舞

二 萦梦老街

织里影剧院往事

　　明清时期的织里老街，牵动着无数织里人的心。位于老街西市的影剧院，是方圆数十里的人们铭刻着许多记忆的文化建筑。今天，当老街的店铺和民居拆成一片废墟时，织里影剧院与茧站、名医老宅等有幸被作为"湖州市不可移动文物"保留了下来。

　　1980年，我从镇（社）办企业调到公社文化站，第一件事就是负责建造影剧院。

　　影剧院选址在公社办公地的东隔壁。此前，这里有一座建于20世纪70年代初的大礼堂，有500多个简易的座位，主要用于公社召开各种会议。后来也放电影，搞些文艺演出。20世纪70年代末，国家改革开放，传统电影戏剧解禁，群众文化需求日益增强，而周边公社已建起了很上档次的影剧院。建造符合群众需求的文化场所，织里人的呼声强烈。在此背景下，公社决定建造一座可纳千名观众的影剧院。

建院班子由3人组成。当时公社负责人杨孝彬给我们分了工，我负责对外联络和掌管经济。孙志亭和吴勇先负责材料选购和工程质量。还再三强调织里的社办经济弱，要掌握节约原则，建造资金控制在3万元左右。

群众迫切盼望影剧院早日建成，给予了极大的支持，因而从开始到竣工才用了不到一年的时间。工匠在公社建工队抽调，小工由各大队摊派，他们自带中饭，工地只供应点茶水。最费时费钱的是二楼的东西向横跨过梁，因为地皮面积的局限，底层观众大厅只能安排700个座位，另外300个座位要安置在二楼。过梁用很粗的螺纹钢和高级水泥现场浇制，这样要超出预算好多资金。有人建议过梁不需如此厚重，螺纹钢也不用这么粗，但为了保证质量和安全，老孙始终坚持自己的科学计算，不为旁人左右。时隔近40年，那座过梁至今仍完好无损。我们坚持着精打细算和节约的原则，原建筑拆下来的材料能用尽用，砖头和旧木料几乎全部用上，连原先的旧木椅，经改造后安装在二楼观众厅。厅内壁灯去南浔购回有机玻璃材料，全部自己制作，安装后很是美观大方。"织里影剧院"几个字由著名书法家李英先生题写，记得当时先生借调在吴兴县地名办工作，我与他电话联系后，第二天乘轮船赶到湖州，先生已做好了书写前的准备工作。他拿出一沓旧报纸，问我字要写多大。我说最好是1.6米，这样就可照着浇制了。

先生就用尺量好旧报纸，再用糨糊粘好。我们吸了两支烟，报纸干了，李先生就摆开了书写的架势。我问道："没有这么大的笔，怎么写？"先生答："我自有办法，你在旁看着就是了。"只见先生将报纸平铺在会议室的水泥地上，又从塑料袋里取出一包旧棉花，一下弯腰跪在地上，将棉花饱饱蘸浸墨汁，就唰唰书写起来。笔走龙蛇，5个大字一气呵成，苍老遒劲，真乃大师手笔。当年，李先生题写字牌匾额不收钱，也不收礼。我知道先生会抽烟，摸出自己买的两包"蓝西湖"放在桌上，先生还连连责怪。"织里影剧院"5个大字扎好钢筋架子后，我们用水泥浇制，晾干后涂上黄色油漆，每个字有百来斤重，安装在影剧院门厅二楼雨棚上，虽经风蚀雨打，至今依然清晰。影剧院主体建筑完成后，还在后院建造了五楼五底房屋，用于接待文艺演出团体的化妆室和宿室。

"织里影剧院"总建造资金超5万多元。

影剧院建好后，很快组建了管理班子。抽调工业办公室元老徐金泉任经理，我协助管理，侯毛林任会计，高中刚毕业的郑晓芳负责票务，高发林负责场地管理。我们五人相互尊重，相互合作。同事数年，相处非常快乐。而今他们都已去了天国，其中两位英年早逝，让人无限感慨。

织里影剧院落成之际，恰逢"文革"中禁锢的传统影剧开放之时,《红楼梦》《梁祝》等优秀影片陆续上映,人们似久旱逢甘霖,影票按人口分到各大队单位,从早上到夜里放映六七场次,谈不上万人空巷,却几乎全部满座。后来放映的武打片《少林寺》等亦如是,可见那个时候群众对文化生活的需求。

我们迎来的第一个文艺演出团体,就是湖州市湖剧团。

当时这类地市级剧团很是吃香,粥少僧多,到乡下演出须由文化局安排。我到市文化局找到杨忠棠局长,说了很多理由,他才同意安排湖剧团到织里做贺场演出。由此,我认识了许丽娟、高兴发、周景陆、肖明芳、劳志良等老师。接待剧团是很繁杂的事,首先要安排好演员的生活用品。那时还搞计划经济,好多物品要凭票供应,如煤球、香烟、豆制品、鱼肉、水果等,事先要与有关单位落实好,当然也要帮他们留座位好些的戏票。与剧团的经济分成比例是按上面规定的,后来外地来的剧团也有双方协商分成比例的。湖剧团首次在织里影剧院演出《何文秀》《哑女告状》两个传统戏,白天夜晚各演一场,座无虚席,一票难求。

影剧院挑选了一批业余服务员,负责观众入场收票、劝阻不文明现象、维持场内秩序。至今还记得有凌老师、唐四宝、沈七斤、王妈妈、郑桂林、沈细毛、房根庆等十来个人,不发工资,每场影剧仅发2角钱补贴费。但他们忠于职责、毫无怨言地服务。还有一位被人们称为"老模范"的中年男子，大名郑应林，是附近镇西生产队农民，每天晚上影剧散场后，他都来帮助老高打扫场内卫生，一分钱补贴也不拿。后来，连其妻子女儿也来义务打扫，雷锋精神在这一家子身上闪着光。

当年的农村影剧院有许多功能，如织里镇上的群众性文艺演出、老年京剧协会的活动，都在影剧院内进行。

事情总有兴衰荣败。1995年以后，彩电和电脑进入寻常百姓家，织里影剧院逐渐开始衰落。同时，由于缺乏保养维修，至21世纪初，被鉴定为危房而完成了使命。

作为一个时代抑或一两代人的记忆，今天，你还可以在网络上看到这样一些留言：我是在织里老街度过童年和青春年代的。我和小伙伴都是在老街的影剧院，看了人生中的第一场电影……

2018年7月

晟织公路纪事

一条非常简陋的乡村公路,总在上了年纪的织里人的脑海里晃荡,总在人们茶余饭后被提起,它就是已经消逝了20多年,而今被宽敞繁华的织里路所取代的晟织乡村公路。

1984年5月1日,水乡小镇湖州织里,初夏的阳光分外明媚。新建的汽车站门口人头攒动,锣鼓喧天。这是晟织公路首次通车的日子,农民们可免费乘车到湖城。车站内外特别热闹,有的老年农民还是生平第一次乘坐汽车,激动的心情溢于言表。

上午9时许,6辆披红戴花的大巴车从晟舍方向缓缓驶来,车站上顿时鞭炮齐鸣,小孩子跟随车子雀跃。接着是湖州市及织里分区委的领导剪彩、讲话,最后是人们有序地排队上车。这组珍贵的镜头,被摄影师嵌入了历史的瞬间。

二 萦梦老街

获塘以北的乡村原是水网地带。河荡港汊密布,阡陌纵横。民国年间虽然依获塘修筑了公路(现 318 国道),但其往北方向的数百平方千米村落并无公路,人们的出行依靠双脚步行或舟船代步。记得那个时候,织里、后林、戴山、义皋、东桥等小集镇都有开往湖州的小航船,一次乘坐 20 多人,靠人力摇橹,每天往返一次,船速缓慢又不安全,遇到大风雨雪天气常常停航。20 世纪 60 年代后,有了小轮船"织里班",航速提高了一倍,乘客每次可容纳百余人,于是小航船慢慢被冷落。20 世纪 70 年代后,漾西、轧村等乡村又有了烧柴油的"挂桨机"船载客,小航船逐渐被取代了。

清代同治年间(1862—1874)的《晟舍镇志》记述,历史上曾经有高人认为,晟舍的地形是龙形,织里是块蓄势待发的风水宝地。它静静地躺卧在南太湖平原上,孕育着勃勃的生机。当织里农民告别了漫长的集体化年代,开始策划和经营属于自己的天地时,小小的"织里班"已无法容纳这许多的"织里农民制造"。聪明的织里人就把"织里产品"用船运到 318 国道,再雇车或托运到目的城市。而完成这几道环节往往要花费许多时间、精力和钱款。在此期间,安全事故也频繁不断。随着童装业的发展,品类和数量的增加,运输成了一道难以逾越的鸿沟。这个时候,织里人开始意识到"无路难富"的现实,渴望修筑一条属于自己的乡村公路。

逐梦，从此开始。

凡事的成败必须依靠天时地利与人和。当年的织里分区委和公社领导倾听民声，顺应民意，一个修筑晟织公路的计划很快被摆上了议事日程。经过多次实地勘察，开会论证，权衡多方面的利弊关系，修筑晟织公路的具体方案终于得到了上级的批准。筑路消息刚一公布，各公社和生产大队干部就表示大力支持。群众更是奔走相告，反响强烈。筑路之举体现了党和人民之间同声相求、气息相连。

修桥铺路历代被视为善举。而在20世纪80年代初，乡镇经济普遍贫困，修筑一条四五千米长、单车道的公路，财力物力却是最大的难题。好在织里人识大体顾大局，领导善于深入基层与群众沟通，善于做好方方面面的工作，筑路工程得以按计划施行。晟织公路方位确定后，沿路所征用的农田仅仅得到了很少的补偿。大约4万立方米的泥土填筑，由当时的晟舍、织里、太湖、戴山、轧村、漾西6个公社的农民出工出力。从1982年冬至1984年春，数千修路民工扛着铁耙铁橇，自带粮草铺盖，在公路附近的村庄安营扎寨，用稻草打地铺，垒起土灶办民工食堂。他们冒着凛冽寒风，顶着骄阳烈日，肩挑土筐，在划定的路基地段，一筐筐地把路基填高，再填高。而他们所付出的劳力,几乎没有得到象征性的劳务费,他们流落的涔涔汗水,也没有人为他们喝彩点赞。但是,为了修筑自己心中的那条公路,他们任劳任怨。

笔者曾走访了几位时任公社与大队领导的当事人。时隔30多个春秋,他们对修建晟织公路的情景记忆犹新。

1982年春夏,成立了以分区委领导等人组成的指挥部,统一协调修建公路事宜。因此,许多杂务要指挥部去处理,一个个矛盾需要指挥部去解决。沿途有晟舍、北圣堂、栖梧、杨湾、郑打古、姚才逢等多个自然村,筑路不仅占用农田,还要征用村民的桑地、自留地。所有赔偿事宜都要一户一户地协商处理,时常有矛盾纠纷,其间还曾发生过小规模的群体性事件。而修路面临的最大困难是资金,绝大部分都要地方自筹。尤其是公路上的6座钢混水泥桥梁,需要一笔数目可观的款项。负责财务的干部东筹西凑,在民众和企业的支持下,终于完成了修路大业。

修筑公路需要大量劳力,也需要一支过硬的技术力量。人们至今尚在怀念两位为晟织公路立下汗马功劳、已经过世多年的老人。筑路伊始,在织里公社工作的桥梁专家孙志亭、织里乡土专家吴勇先被调到指挥部工作。老孙是山东青岛人,桥梁专科毕业,在长期的工作实践中积累了丰富的经验。吴先生土生土长于织里老街,一直从事土木建筑工作，凡本土的水利或土建工程，老吴都是不可或缺的人物。当时他们虽然年届半百，且体质病弱，但工作责任感强于许多年轻人。清晨，无论是晴天或是雨雪天气，在泥泞的公路路基上，总能看到他俩的身影。他们手里拿着皮尺和笔记本，总是在丈量和记录，对于不达标的地方，及时指出并让施工人员补救，不放过任何瑕疵。火热的晟织公路施工现场是凝聚织里民心和鼓舞力量的见证。工地上常常是红旗招展，施工人员一拨走了一拨上来，井然有序。每当夜晚，沿途生产队的白场和织里中学门口的小广场上，各公社的电影队送来慰问，轮流为筑路民工放映电影，让他们消除疲劳，愉悦身心。民工们感受到电影队送来的不只是一场电影，而是老百姓的浓浓情感，是对修筑公路的极大支持和关心。

"沉舟侧畔千帆过，病树前头万木春。" 20 世纪 90 年代中后期，晟舍、太湖等 5 个乡镇陆续合并入织里镇，中国童装名镇雏形初现。占全国童装总量 1/4 的产品需要源源不断地运往国内各城市乃至世界，狭窄简陋的晟织乡村公路被改建成宽敞繁华的织里路。尔后至"十二五"计划末，织里镇从一条小小的扁担街到"中国童装名镇""全国小城镇培育试点镇" 和经济"百强乡镇"。公路交通迅速发展，21 世纪之后有湖织公路、吴兴大道、申苏浙皖高速公路贯穿全境。镇区内公路遍布所有行政村，高档轿车早已进入了寻常百姓人家。

晟织乡村公路存在于世的时间虽然仅有十来年,但它联结了几代人的情结。它是永远存在于织里人心中的"乡村公路"。

2016 年夏

三　水韵溇港

你从很远很远的年代走来

走过了秦汉六朝隋唐

走过了宋元明清王朝

你用智慧与坚韧

筑就了丝绸之路天下粮仓

你从太湖南岸的村庄走上了

走上了世界遗产的庄严殿堂

——《溇港》诗节选

乡的愁

寻访与溇港相关的丝丝印迹

　　湖州电视台摄制的纪录片《溇港》在中央电视台播出，观后让人激动甚至是震撼。

　　曾与摄制组人员接触过几回，得知他们租了民房驻在伍浦村，晨候太湖的日出，暮送太湖的晚霞，每天穿梭于太湖南岸的古村落，寻访与溇港有关的丝丝印迹。老人老物件、古桥古宅古寺，都是摄制组挖掘故事的源泉。短短8个月，一部亮丽的作品在观众的翘首中诞生，并且走上了中央电视台第九频道，向国人乃至世界展示了太湖南岸古老而伟大的水利工程，讲述了湖州先民的智慧，讲述了他们与大自然搏斗的独创精神。

　　50分钟的纪录片成功地展现了千年历史的重大题材，真实地记述了《溇港》从形成到发展的曲折历程。溇港对于太湖流域农田水利的作用和溇港文化的积淀，纪录片尽情展示了它的因果关联。当然，由于时间和其他条件的限制，《溇港》也存在一些缺憾，比如溇港形成之前，先民与洪

水韵溇港

水搏斗的动漫画面少了些,历代官方和民间整治太湖水利及溇港的遗存碑刻,如清乾隆《重修石塘碑记》、清光绪《重浚三十六溇碑》、民国《重建吴兴东荻塘碑记》,有关记载治理太湖水灾的历史文献等,纪录片中较少提及。还有治理太湖水利功勋卓著的凌介禧、吴云、徐有珂等本土历史人物,纪录片中几乎没有介绍,让熟悉这些历史的观众,看后似乎感觉缺少了些什么。我顺着《溇港》这个话题班门弄斧,说些与溇港文化相关的想法,聊作观后感怀。

"大白诸沈安,罗大金新潘。潘幻金金许杨谢,义陈濮伍蒋新钱",纪录片在这首不知吟唱了多少年、传承了多少代的民谣中展开。高兴发老先生采用古老的湖州山歌语调吟唱,悠扬、委婉、悲憾,一下就把人们牵进了历史的沧桑感中。画家许羽精心绘制的6米长卷不仅记录了太湖南岸近百里范围的村落景观,还表述了千年溇港的形成和发展,注入了这位喝着溇港水长大的艺术家的深深情感。我们欣喜地看到,通过高科技的动漫制作,长卷中的形象鲜灵地活跃了起来,比如,静止的湖水,忽而波浪翻滚,忽而流水潺潺,或鸟或鱼,皆栩栩如生。

溇村的老百姓对这首民谣大多能唱上几句,从湖州大钱到江苏的吴溇,人们都称这是一幅溇区的地名图。前几年参加编写《吴兴溇港文化史》,因为我负责撰写溇港古迹与溇村风俗两个篇章,曾经沿着湖岸来来回回走了好几遍,寻访了好多老人和村民,几乎踏遍了太湖南岸所有的古迹。

清同治《湖州府志》记载,大钱曾驻扎管理太湖水利的巡检司。通过走访多位耄耋老人,终于确认如今的古银杏树旁就是当年巡检司旧址,不远处的桑园则是当年的兵马操练场。而如今的大钱"天后宫娘娘庙"即是清光绪《乌程县志》上记载的"太湖神庙在大钱口,宋建。俗称平水大王庙"。杨渎桥村的"徐大将军庙"旁的河港里泊有一艘15米长的徐大将军神舟,船上竖有三道桅杆,帆、舵、橹、锚一应俱全,船舱雕有双龙图案。这些庙宇的由来都与太湖及溇港文化有关联。

在织里镇汤溇村,我们惊喜地发现了乾隆年间(1711—1799)的石碑,详细地记述当时"北风怒吼,浊浪排空,击堤南下。不特桑麻沃壤尽皆席卷,即筐庐茔地,亦有不终日之虞焉"。为抗御洪灾,乡绅顾鼎和等前后两次发起修筑石塘,事迹感人。我们问及这块石碑为何砌在亭子庙的墙上,村民告知上面曾有人要拉走石碑,也有人出高价要买走这块石碑。为了确保石碑平安无虞,就把它砌于庙墙中,看得见偷不走,不失为是一妙策。

在溇村寻访,曾经有一段很有趣的对话。某日忽有一年轻人冷不丁地问:"徐老师,你们在写溇港文化的书吧?

那溇港文化到底是些什么东西啊?"

我一愣,想了想答道:"是你们家土灶台上飘出的一缕缕炊烟,是老大爷自酿的一坛米酒,是古桥柱上的一副副楹联,是挂在农家屋檐下的一串串腊肉鱼干。"

"啊,这些东西也算溇港文化啊?"年轻人一脸茫然。

"那你倒说说看,什么是溇港文化啊?"我一本正经地反问。他愕然了。

《溇港》中反映太湖地区民间风俗的两个插曲安排得很好,是传统文化的真实展现。小孩子结义弟兄的习俗至今尚在传承,而且非常需要和实用。渔民在开捕前用猪头三牲等供品,集体隆重祭拜神灵的场面很让人震撼。我小时在"渔船会"上亲眼见过,成百上千的渔船在约定日期,举家摇橹而来,按次序停泊在河港,各个渔民组织高举旗幡,集体上香跪拜,那是对大自然和天地间神灵的敬畏。

溇港村落的民俗和宗教信仰非常浓郁,几乎每个行政村都有自己的寺庙道观。每年除了3次观音菩萨圣诞会之外,还有"三官会""青苗会""土地会"等民间庙会,每户人家参与,抬神像巡游田头,场景热闹非凡。端午节小孩子穿戴老虎服饰,六月六包馄饨,腊月廿三送灶神等传统习俗,当然无法在纪录片中一概表述。而溇港村落的另外一个传统习俗"三月三烧野火饭",主题显得高雅且充满童趣。野火饭是小孩子们在野外集餐,菜肴都要自己采集,挖野菜、捕鱼虾、捡柴火这些事都要他们自己动手完成。它倡导孩子们自小参加劳动,适应野外生存,代表的是一种正能量。织麻布衣、做龙头糕,片子中安排这些很适合观众的口味,说明编导深入溇村,熟悉百姓。让这些濒临消失的工艺重现,使观众更深入地记忆历史。

清代道光年间(1782—1850)有太湖救生局(崇善堂),遗址在织里镇乔溇村。乡绅吴之杰等人倡导,其主要职责是"设太湖救生船及舍药、施棺、惜字(将写有文字扔在湖边的纸拾起,劝人不要乱扔字纸)、放生诸务"。专设人员在太湖边巡逻、救生、施舍药品,为溺水死亡者施以棺木等善举,相当于今天的民间慈善机构和义务环保队。道光十六年(1836),时任江苏巡抚的林则徐,在湖州知府的陪同下巡视太湖水利时,视察了崇善堂,大加赞赏,并于同年亲自撰写了《湖滨崇善堂记》。新中国成立之初崇善堂尚存,后来被改为学校和大队办公用房,遗址即今乔溇村委会。"崇善堂前聆古训,项王桥上看鸟飞",老百姓对崇善堂有很深的情感,还把它写进了乔溇村的村歌之中。

太湖是水灵灵的世界,因富饶与美丽著称于世,溇港圩田是连接太湖的血管和脉搏。曾几何时,堤岸边青葱的芦苇像守卫太湖的一排排卫兵,更是美丽太湖独有的风景。

而今，随着滨湖大道的伸展，成片的芦苇消失了。在《溇港》中我们仅能看到一些虚疏的芦苇，如同片子中管理水闸塘板的老人，功成身退，这或许是时代发展的必然，也是一种历史的遗憾。

"这是历史与今天的交织，是传统走向未来的一个新的起点。"《溇港》的成功播出，向世界展示了位于太湖南岸的一个保存完好、至今还在利用的古代水利工程。而溇港文化是特定的区域文化，虽然它至今没有一个明确的定义，但归根结底应该是溇港人民共同的精神家园。

2016年2月

乡的恋

太湖芦苇

在河荡港汊星罗棋布的太湖南岸，有一种植物深深地嵌在我的记忆之中，那就是水乡的芦苇。

因为搜集溇港的文化资料，这两年常在太湖边上行走。躺卧千年的溇港依旧默默地流淌，溇区村落的老房子似乎渐显斑驳，静静卧于溇港上的石桥变得更加古老而弥足珍贵。然而，总是感觉太湖岸边的芦苇在渐渐稀疏，有时沿着滨湖大道走了很长的路，才能见到几丛稀松的芦苇，一种莫名的缺憾在心中悄然蠕动。

儿时经常到太湖岸边玩耍，映入眼帘的即是浩瀚烟波和疾驰湖面的帆船。而屏围在岸边翠绿的芦苇就像是镶在那颗明珠边上的翡翠。它们密密麻麻地扎根在湖岸边的乱石堆或淤泥中，卫兵般地履行着守护太湖堤岸的神圣职责。

芦苇的出身很卑微，而它的生命力却是无比坚韧和旺盛。只要有水和湿土的地方，无须人们的栽培与修葺，它

三 水韵溇港

们都能蓬勃地生长，自由自在地绽放出生命的火花。

芦苇的一生朴实无华，从不向人类索取。春天，几近枯萎的芦根透过冰凌，悄然地长出嫩芽。在春水的抚动下，芦芽由鹅黄色渐渐地嫩绿起来。小孩子们经常在河滩采摘几枝芦芽，抽剥掉内中的嫩心，便是一枝精巧的芦笛。用嘴轻轻一吹，笛声悠扬旋律优美。芦根入味中药，幼时父亲曾叫我拿着铁锹到河边挖掘芦根，洗净后炖汤，可以清肺养胃。盛夏季节，芦苇丛里则是一个非常热闹的世界。蚱蜢与螳螂爬来窜去不停地觅食。鸟儿在苇枝上筑起小窝，安然入栖。鱼虾们悠然自得地在水草中穿荡，撞得苇枝微微摇晃。晚间，萤火虫的小眼睛与天幕上的星星遥相闪烁，构成了一幅天上人间的夜思图。苇丛中的蝈蝈们则舒展歌喉尽情地给人们唱着催眠小曲。秋天，苇枝梢头开出一朵朵浅紫色的苇花，随风摇曳，波浪般地起伏着，筑起一道非常美丽的景观。而随着寒冬的来临，芦苇滩头便变得肃杀冷漠。霜雪让苇枝褪去了青衣，凛冽的寒风把苇花吹得漫空飞舞。苇枝枯黄了，肢体却更加坚韧起来。农民们把芦苇齐根割下，用绳子扎成捆捆，然后搬回家中，等待日后派上更多的用场。

而我最难忘却的是曾经在芦苇滩上经历的那件往事，至今想来仍怦然心动，向往不已。那是在"文革"初期的一个冬天，生产大队派我们去漾西参加开挖汤溇港，天寒地冻，每天都要付出极大的气力。那时我年轻饭量大，一顿三大碗，就要付出一斤半米的饭票，而小菜几乎天天是青菜萝卜。有一天夜里刮起了强劲的西北风，听村上老人说，西北风一刮，太湖里准有白虾被卷上岸滩。翌日凌晨，我们赶到太湖滩上寻觅，果然发现卷在芦棵和杂草中的许多白虾，拣了个把钟头，竟捡到了四五斤。我们请食堂的师傅加工成佳肴，咸菜炒白虾，那种美味至今令人垂涎。

芦苇可以说浑身是宝。端午时分，苇叶长得鲜嫩肥阔，村妇摘下用来包裹粽子，烧煮时清香扑鼻。苇叶还用来制作笠帽等雨具。芦花的用处也不少，除了扎成笤帚以外，还可以制成芦花蒲鞋，穿在脚上远胜今日之棉皮鞋暖和。我幼时冬天农闲时季，父亲把晒干的芦苇搬到院子里，剥去上面的杂叶，然后把苇秆碾成碎片，便熟练地编织成一张张长方形的芦席（又称"芦菲"）。那时芦席的用处可多了，放在农船的舱上，可以遮风挡雨，还可用来搭建简易棚屋。养蚕用的蚕帘也用芦秆制成。当年，二伯伯用自制的工具架，搓好细小的绳子，将苇秆裁切得整齐划一，在工具架上拴好绳子，二伯熟练地编织着，边给围在旁边的小孩讲述有关农村养蚕的民间故事。在我的记忆中，蚕帘的用途也很广泛，除了蚕宝宝上蔟之外，还可用作简易的隔离遮拦工具。当时农村贫穷，有的邻居之间就用蚕帘作为隔离的墙板。苇秆内的一层薄薄的白膜，常常被人用作笛膜。而芦苇制作的纸张则是造纸厂的上品。

世事变迁,沧海桑田。随着城镇化的推进,水乡的古老村落在逐年递减,太湖南岸的河港更在随之消失,而芦苇这一天生植物的存亡也面临着严峻的挑战。但愿人们多一点理性,多一分理智,让青葱的芦苇永远成为无法抹去的风景。

2011 年秋

太湖溇港之古桥

溇港成功申遗,湖州的文化底板又加厚了一层浓浓的色彩。

敬畏自然,感恩先祖。作为溇港区域的子民,应十分珍惜这份沉甸甸的世界级遗产。有专家指出,在太湖流域,湖州的溇港体系发端最早,保存最为完整,主要由太湖堤防体系、溇港漾塘体系、溇港圩田体系和古桥、古庙、祭祀活动等其他遗产体系四部分组成。而至今保存完好的溇港古桥群,更是人们觅古怀旧的人文景观。

湖城北门大钱古镇以东,荻塘运河以北,江苏吴江市以西的南太湖平原上,至今还静静地躺卧着一百余座古代桥梁。"金刚墙""吴王靠""抱鼓石",这些古桥长度不一,形态各异。有单孔或多孔的石梁桥,还有许多造型精致、古朴厚重的单孔或三孔拱形石桥。虽然始建年代最早可追溯到三国时代,但现存桥梁大多是清代或民国年间重建的。它们是河流的脊梁,是水乡的精灵,见证着故乡的沧桑岁月。每座古桥都有自己的历史故事，每副桥联都折射着先民的智慧，提升了地域文化。

桥柱楹联折射古桥的文化光华

对联也称为"楹联"，是华夏文化的浓缩艺术。楹联作为一种习俗，是中华民族优秀传统文化的重要组成部分。2005年，国务院把楹联习俗列入第一批国家非物质文化遗产名录。在南太湖溇港区域的古代桥梁群中，大约有1/3的石桥桥柱上锲刻着楹联。其内涵丰富厚重，或记述古桥历史，或显示古桥的地理位置和作用，或表达其人文渊源。桥联大多立意清远，文字精练，对仗工整，传承几百年，常读常新，与古桥同毁同存。

许多楹联显示了古桥所处的地理位置。湖州作为浙北的门户，自古以来与江苏省毗邻，因而吴兴有"包孕吴越"之誉称。织里镇乔溇村与江苏吴江市紧紧连接，村中有单孔石拱桥，名"述中桥"。桥上有楹联两副："桥以中名，界分江浙。""南漾北湖，中流砥柱；东吴西越，要道津梁。"以简练的文字点明了"述中桥"重要的地理位置。古时桥联多为当地文化名流题撰，国学功底相当扎实。陈溇塘桥的楹联分别是："村苕竺泽，虹影卧波；塘跨苏湖，鱼梁压渡。""北达苏常帆影远，南来苕霅水光清。"据说是寺院一位高僧所题。陈溇在清末民初为繁华市镇，楹联不仅表述了其地理位置，还描绘了山水清丽的太湖风光，可谓匠心独运。

桥联讲述历史事件和历史人物

《史记》记载项羽曾与叔父项梁"避仇于吴中"。唐代颜真卿考证"吴中"是"西楚霸王当秦之末，与叔（项）梁避仇于吴中，盖今之湖州也"。项羽后来在湖城奉胜门（霸王门）率八千子弟兵反秦，因而湖州留下了许多与项羽有关的故事和遗迹。在东西长达20多千米的北塘河上，有两座古桥留有西楚霸王的身影，桥联内容与这位叱咤风云的历史人物关联。乔溇村南有三孔石梁桥名"项王塘桥"，始建年代失考，然明、清府县志皆有"项王塘桥"的记载。现存桥梁是民国十一年（1922）重建，南北坐向，镌有楹联两副。东侧桥联是："桥号项王，率卒经过有项羽；石工张文，命徒造筑是张班。"西侧是："当符独握虎将，从战八千辈；此处重排雁齿，共和十一年。"桥联不仅记载了项羽当年率兵起义的雄壮场景，还写明了筑造者的姓名和年代。看来这位张石匠不仅有造桥技术，还深谙楹联艺术，只是未免张扬了些，竟把自己与项羽并论。距"项王塘桥"以西数里的义皋村与庙兜村交界处，有一座南北向的单孔石拱桥名"常胜塘桥"。2016年初春，我们沿着窄窄的义皋溇港南行，岸边的芦苇正悄悄地绽出嫩芽，忽然发现一座气势不凡的石拱桥，桥额书"常胜塘桥"。友人许羽不顾滩陡岸滑，硬是下去抄录了两副桥联。东侧是"王路聿新遵礼义，君波无限及江皋"，西侧是"雁齿常新同欣利济，虹腰胜旧共庆安澜"。桥名"常胜"，联首嵌"君王"两字，与"项王塘桥"遥相呼应，让人遐想无尽。

优美的桥联赋予古桥优美的意境。3年前，笔者曾在环渚乡的杨渎桥抄录了一副楹联："柳色映红腰，人行画里；波光摇雁齿，舟泛奁中。"两岸民居粉墙黛瓦，掩映于树荫之中，与桥联优美的文字构成了一幅水墨图画。而位于荻塘晟舍口的龙门桥，又名"黄冈桥"，明代刑部尚书闵珪曾为其留下了"乌程市里新莴酒，黄冈桥边旧钓蓑"的诗句。毗山脚下的铁店桥、中横塘上的戴步桥，都留有妙联佳句。

时光无情流逝，短短数十年间，许多古桥因多种原因，在这块古老的土地上默然消失了，留给人们许多遗憾和感叹。然而幸运的是，有些楹联被有识之士记录下来，并流传于世。旧馆村曾经跨越荻塘的观音塘桥，早在1962年就被拆毁，桥上有两副楹联，乡贤唐家华先生把它记录了下来，并于 2015 年收编入《晟舍利济禅寺志》。其一为"大丈夫驷马高车，隆名由此振；旧主人适馆就餐，友谊至今存"，其二是"卅里望菰城，远近橹声驰水面；两岸依蓼草，东西帆影落江心"。古圆通塘桥北堍，曾有供行人歇息的凉亭，亭中石柱刻有楹联。如今凉亭毁弃，古桥易址，名医毛先生却把楹联铭记于心："奔走风尘，得此一足；往来道路，且住为佳。"散佚的楹联，今天又变成精美的文字传承后世，两位老先生善莫大焉。

民间故事述说古桥的人文内涵

远古时期，民间故事就在人们口头流传。是以奇异的语言和象征的形式，讲述题材广泛而又充满幻想的叙事体文学大多与村庄、寺庙、河流、山川、桥梁有关。

横跨于北塘河上的圆通塘桥，曾改称为"元统桥"。传说朱元璋攻克张士诚守卫的湖州，前后用了长达 10 年时间。城破，张士诚部下的残兵败将纷纷出北门逃窜。朱元璋亲率大军追赶 15 千米，立马横刀于圆通塘桥，哈哈大笑道："元朝的天下统统完蛋了。"此后，人们又称圆通塘桥为"元统桥"。

善良战胜邪恶，是中华传统文化永恒的主题，民间故事也不例外。

距圆通塘桥不到二里路的太平塘桥，是今湖州境内稀见的造型精美的五孔石梁桥。始建年代失考，重建年代为清道光二十六年（1846），桥长 40 米，桥上有栏杆及望柱 28 支，北堍有供行人休息的凉亭。

古桥是溇港文化的重要组成部分。保护古桥，挖掘和传承古桥的文化精华，是历史和时代赋予我们的神圣使命。

2016 年 11 月

太湖溇港之民俗

寒冬子夜，溇港的村域，在震响村舍上空的"接天""接财神"的爆竹声中，拉开"一元复始"的帷幕。

人们的记忆依旧悠远，昔日溇村腊月的景象依然在脑海里忽隐忽现。一船船的湖葱、胡白萝卜，在城里换回了许多年货。欸乃的橹桨声，在溇港里和着浓浓的年味飘荡。农家屋檐下，刹那间增添了咸肉酱鱼的浓重色彩。春天的脚步正悄悄踏来，那些古老而优秀的民俗，在溇港的土地上展示其独有的姿态。

少年结拜小弟兄，坚守一个"义"字

2016年1月10日，中央电视台播出高清纪录片《溇港》，隆重向世人推出了形成于春秋战国时期的水利工程太湖溇

港。片子中有一个镜头，传递了这样一个情节：幻溇村的少年陈江涛与几个小伙伴，在爷爷的指导下，结义成异姓兄弟。他们在写有"关公"神位的桌子前行跪拜大礼，如此认真和虔诚。这正是太湖溇港区域的一个古老民俗——结拜小弟兄。

已无法考证这一民俗始于哪个朝代。20世纪60年代初，我们这辈人拜小弟兄时，爷爷曾说："这个习俗是源于三国时期的刘备、关云长、张飞的桃园三结义。他们结拜后情同手足，甘愿同生共死。后人敬重和仿效他们的义气，于是传承了结拜小弟兄的风俗。"

我们结拜小弟兄那年，三年困难时期刚刚结束，国家的经济很萧条，物资整体匮乏。农村也实行计划经济，好多食品都凭票供应。我们选择了本村7个几乎同龄的孩子，开始商议结拜小弟兄的事宜。我们事先请教了爷爷，他是老中医，还当过乡村私塾的先生，是村上年长而且有学问的长者。爷爷告诉我们："首先要了解结拜的意义，要像刘关张那样做到有福同享，有难同当，义字当先；其次是选好结义的人，要品行好，志同道合；最后是要举行一个规范的结拜仪式，书写一份结义文书，并签名画押。"

拜小弟兄还有许多约定俗成的规矩。

日期选择在春天，最好是桃花盛开的阳春三月。小弟兄人数必须是单数，大多为7人或9人，也有11人结拜的。我们的小弟兄人选很快择齐，是同村十二三岁的7个男孩，年龄相差不到1岁。择定了吉日和地点，请爷爷书写了一份结义契约（旧时称为"兰谱"）。爷爷的楷书写得特别好，至今还留有他抄写的中药书《丸散膏丹》二卷，有几位书法家看后亦自叹弗如。爷爷写的文书内容是文言文，我们看不懂又听不明白。如今回忆起来除了有"自愿义结金兰，日后有难同当，有福同享，有事招之即来"等内容之外，还写上各人的出生年庚，写有一些约定，如婚喜事每人送仪金2元，丧素事送仪金1元等。后来，随着物价的提高，仪金也水涨船高。这份文书由老大保管，可惜保存了30年后，在修理房屋时遗失了。我们的结拜仪式很隆重，花钱却很少，每人只出了3角钱。鱼、鳝、虾都是自己动手捕捉的，那时农村的孩子个个都是捕鱼能手，米及蔬菜、鸡蛋各人自带，买了鸡及鲜肉就成了一桌丰盛的菜肴。结拜仪式选在老三家中，隔壁是我们读书的小学，西侧有竹园和正盛开的桃花。桌子上摆放整鸡、整鱼和一块长肋条肉，八仙桌中间供奉"关圣帝君"（在民间，关羽历来被老百姓尊为忠、义、勇的化身）和"金兰结义"的纸质神位。供桌的正前方，放有一根用红布包裹的扁担。七兄弟在扁担上行跪拜大礼，在结义文书上画押，旁边还围了一群大人品头评足。然后焚化纸马，燃放鞭炮。结拜仪式结束，7个孩子爬上桌子风卷残云，把那桌酒宴一扫而光。

岁月流逝了半个多世纪，祖辈与父辈大多仙逝。而结拜小弟兄的风俗依然流行，已传承到了儿孙辈。那句"有事招之即来"的诺言，大家都切实地遵守着。小弟兄家中凡有婚丧嫁娶，最苦和最累的事都有小弟兄冲在前面。比如，寒冬娶亲时，破冰摇橹迎亲，搬借凳桌椅，洗鱼肉蔬菜。办丧事时，半夜上街磨豆腐、抬棺材等。而小弟兄家遇有困难事，大家都相互关心，给予力所能及的帮助。而且这个承诺信守了一生一世。

"民有淳风庆义里。"我们结义兄弟50多年，除了平时婚丧素事的聚会外，2000年起，还拟订了在每年的1月8日聚会一次的约定。7人轮流做东，已经持续了16年，风雨无阻。在亲友很少团聚的快节奏社会，异姓兄弟能坚持年年相聚，为的是一纸承诺和一个厚重的"义"字。

三月三烧野火饭　不光守护一个"勤"字

在太湖溇港的村落里，还是在料峭春寒的农历二月，小孩子们就悄悄约伴，跷着指头等候三月三的来临。

烧野火饭的过程和规矩。多位友人曾与我当面进行过探讨，大家以为这种探讨非常有趣。更多人认为烧野火饭的来历很有意思，希望能探寻其根源。因此，又在书架上取下旧志翻阅，还在网络上寻找了一番。

清同治闵宝梁编纂的《晟舍镇志·风俗篇》记载："三月初三日为上巳节。男女皆戴荠菜花，主不头痛。谚云：春戴荠菜花，桃李羞繁华。又拾野柴在中庭煮荠菜猪油饭，名野火饭。"并未记载其来历和具体的过程。

同是溇港范围，吴江七都等地也有烧野火饭的习俗，要求及过程与吴兴大致相同。2015年4月，中央电视台《味道》节目组在吴江采风，对七都镇三月三烧野火饭等民俗非常感兴趣，用一整天时间在东庙桥村跟踪拍摄了全过程。但对其渊源亦语焉不详。

十里不同风，百里不同俗。

嘉兴桐乡等地的先民把烧野火饭定在立夏日。所需食材蚕豆、豌豆、竹笋等，小孩子可以任意去采摘，主人不会责怪。但对这个古老习俗的来历，只是说老辈传下来的，尚无一个明确的说法。因此，很多织里人认同了我旧文中的传说：公元1644年春，李自成农民起义军攻陷北京。崇祯皇帝走投无路，狠心杀死了后宫嫔妃，然后逃出皇宫，自缢于煤山（现景山公园）的老槐树上。传说崇祯皇帝出走匆忙，饥饿难忍，与随身太监自捡野柴，做了一顿野餐，吃了之后才上吊自尽。后人被这个传说感动了，用烧野火饭这种方式，纪念这位可悲可怜的崇祯帝。这个传说源于先父的讲述。

一个民间习俗能传承几百年，生命力如此强盛和久远，我想因为它传递的是一种正能量。倡导孩子们自己动手，从小适应野外生存的一种活动，自然会得到社会的认同和支持。然而，让人扼腕叹息的是，短短的 30 年间，野火饭的内容有了很大的质变。我们幼年，称之为"烧"野火饭，现在的年轻人称"吃" 野火饭。

"烧"是让孩子们自己动手的劳动过程。约好伙伴后，自己捡野柴，挖野菜，捕鱼捉虾钓黄鳝，既辛苦又快活。三月三这天，我们就选在有鸟窝的树下，吃着亲手劳动获得的菜肴和香喷喷的荠菜饭，那种味道嵌进了永久的记忆。

而进入 20 世纪 90 年代后，馋嘴的小伙子们居然不肯退出烧野火饭的年龄，依然年年约伴三月三，但方式改之为"吃"野火饭了。在酒店预订一桌，七大碗八大盆的，喝得脸红脖子粗，什么也不用自己动手而坐享其成。"烧"与"吃" 虽只是一字之差，但它的过程和味道却大相径庭，先民倡导的"勤"字则黯然失色了。

水乡的生态在逐年变绿，流浪的鸟儿又回到溇村的树上筑巢定居。让古老的野火饭回归本真吧，让孩子们挎起袖子摘一回野菜。毕竟这一古老的习俗,我们还要世世代代地坚守下去。

千年溇港馈赐给湖州一片鱼米之乡。千年溇村,孕育并传承了独特的民俗文化。那是先民对天地的敬畏,那是天人合一的循环往复。

2018 年 2 月

太湖溇港之寺庙

湖州自古山水清远,古刹名观遍布全境。

而今,太湖溇港区域几乎每座村庄都有寺庙。每座寺庙都有自己的宗教特色,每年都要举办"青苗会""三官会""观音会"等法会活动,因而形成了溇港区域独特的寺庙文化和地方神灵,比较典型的有总管神和太湖神。

总 管 堂

许多人物是死后追封的,像三国时期的关羽、诸葛亮,宋代的岳飞,以及湖州府庙城隍神等。我行走了多个村庄,发现大多数庙宇像供奉纯阳祖师一样供奉着总管神。

总管是何方神灵,为何能享受民间这许多香火?查阅有关资料,浙江好多地方都有总管神、总管庙。来历有好几种说法，但总管神在老百姓心中，就是舍身为民的解粮官形象。

湖州地区广泛流传的大同小异的说法是，南宋时期，金兵南侵，宋朝军队有一名解粮官押送军粮路过湖州，恰逢当地大灾，饿殍遍地，民不聊生。见有大批粮食运来，民众拦在道路中央，跪求军爷留下些粮食赈济灾民。解粮官十分同情百姓的悲苦遭遇，于是下令手下把军粮分给了百姓，使湖州饥民度过了荒年。解粮官自知私动军粮难逃军法处置，于是自杀身亡。湖州百姓不顾朝廷法令，为他建庙祭祀。后来，南宋高宗皇帝赵构得知此事，为解粮官的大义之举所感动，下旨封他为"护国随粮王"，并在湖州供奉。金兵退去后，高宗又加封其为"都天安乐王"，世受香火，每逢初一、十五祭祀。因为解粮官也称"总管"，故"都天安乐王"庙在民间习惯地称为"总管堂"或"总管庙"，成为民间特有的崇拜神灵。

织里镇河西村太平禅寺的前殿供奉着一尊总管神像，仪态庄严，正气凛然，与三国关公、南宋岳飞等神像并列供奉，都是忠义偶像的典型。

传说这位总管老爷姓金，汉族人，原是金兀术帐下的一名解粮官。他虽是金国将官，但对金兀术的焚烧杀掠行为极其反感，对老百姓四处逃难的处境深深同情。

有一次，金解粮官奉令在湖州一带征集粮草，限期解送到金兵前线大营。他在府县如数征集完粮食，出发运往金营。一路上，看到老百姓四处逃奔的景象，不禁仰天叹息。运粮车队缓缓行进，忽然，路边的树丛里窜出一群破衣烂衫的老人和孩子，齐刷刷地跪在金解粮官马前。"将军，请你积点善德，给我们一点儿粮食吧。不然，这些孩子都要饿死了。"为首的老人向金解粮官哀求。

金解粮官一怔，见孩子们个个面黄肌瘦，老人们骨瘦如柴，惨不忍睹。此情此景让他顿生怜悯之心，于是不顾随从的强烈阻止，毅然下令把这批粮食全部分发给当地饥民，然后叫随从人员各自回家。老百姓得救了，而金解粮官却因违抗军令，被金兀术处以斩首。

金将军舍己救民的事迹迅速传开。老百姓把他尊为总管神，建庙塑像，与抗金民族英雄岳飞同殿供奉，世世代代烧香祭祀。这个故事一直流传到今天。

太湖的杨溇庙（又称"总管庙"）内，也供奉着总管老爷的神像。老百姓中的说法是，有位名叫肖堂的官员原在京城供职，官居总管。这一年，肖堂奉旨到湖州征粮，首先来到太湖南岸湖塘一带的村庄。因为大涝之后又逢大旱，农田颗粒无收，老百姓食树皮草根充饥，无法缴纳皇粮。肖堂总管对饥民极其同情，为了拯救湖塘一带的老百姓，他下令免征皇粮。不久朝廷追究责任,肖堂在湖塘自焚身亡。民众为纪念肖总管的大义恩德,就在湖塘一带建造了总管庙。每年七月七举行青庙会,各座庙宇都要抬着总管老爷到田间巡视,让他看到稻苗长势,告慰他在天之灵。

与总管老爷一样死后封神的还有秧宅村的土地神。侯将军生前曾为朝廷立下过赫赫战功,后遭奸臣迫害愤而回乡。他为地方上做了不少善事,扶危济困,修桥筑路,为人厚道,处事公正。死后老百姓为其建造庙宇,塑立金身,尊其为土地神。

无论是征粮官或是土地神,无论是姓金抑或姓肖,总管神都是正义与善良的化身,都离湖州的老百姓很近。

太湖神庙和徐大将军

大钱古镇有"天后宫娘娘庙",即清光绪《乌程县志》上记载的"太湖神庙在大钱口,宋建。俗称平水大王庙"。杨渎桥村有"太湖神广济伯宫",徐大将军殿正中悬挂着一块上书"震泽底定"的九龙金匾,据说原匾是光绪十四年(1888),时任户部尚书太子太保的翁同龢为广济伯庙徐大将军殿亲书题额。

庙旁的河港里泊有一艘15米长的神舟,船上竖有三道桅杆。帆、舵、橹、锚一应俱全,船舱雕有双龙图案。其由来都与晋代乌程人徐贲有关联。

据光绪《新修府志·乌程县》记载:"太湖神广济伯庙在杨渎桥,祀晋里人徐贲,俗称徐大将军,本朝道光八年(1828)敕封,六月二十八日致祭,如黄龙例庙。毁于兵,同治九年(1870)重建。"据说,徐贲曾在安徽巢湖地区为官,带领军队剿匪荡寇,保得一方平安,名声颇佳。后来辞官经商,多有善举。溺死后,为巢湖神,民众建庙祭祀。

元末明初,徐大将军再显神威。康熙《巢县志》记载,朱元璋部在巢湖被元军围困,拜祭巢湖湖神后,得神灵相助,反败为胜。当时,朱元璋谋划率船队渡江,无奈主要出湖口都被元军占据,唯有一小港可行,却又干涸。朱元璋亲自来到将军庙祈雨,徐大将军显灵托梦说:"你是真龙天子,但水浅难以腾龙,今潜龙在渊,江淮即将入梅,乘风破浪,指日可待。"几天后果然大雨,连下十多天,水涨一丈多。朱元璋大喜道:"巢湖之神助我也!"随即登巢湖水师之船,船上多祀徐大将军神像,鱼贯而出。至黄墩,继而由采石矶一举渡江成功,渡江后屡战皆捷,直至夺取南京。

十数年后元亡明立,朱元璋于洪武六年(1373)亲临致祭，把徐将军的地位推崇到国祭规格；并颁发谕旨，在庐州府府治合肥建庙，扩建南湖徐大将军庙，以表彰这位巢湖神对大明江山的鼎力相助。朱元璋又于洪武七年（1374）某月，建祠奉其教玄武神于卢龙山将军庙侧，下旨命大学士宋濂作《护国灵佑侯徐将军庙碑文》碑铭，碑文中详述了建庙初衷和扩庙过程。

几年前，笔者因搜集溇港资料，数次到过杨溇桥村。亲眼见过广济伯宫和徐贲墓，并与村里长者进行了座谈。里人说已不知广济伯庙始建于哪个朝代，但杨溇桥早先所祭祀的徐大将军，在本邑只不过是溇港的小神，神位很是低微，根本没有合肥徐贲庙的规格。民间传说徐贲为神后，常显灵异，常救太湖中遇险船只于危难之中。某年皇帝游太湖，官船在狂风急浪中迷失方向，忽然浪涛中漂起一面黄旗，上书一"徐"字，引领官船顺利到达南岸。因救驾有功，徐将军得到了皇帝的封谥。到了清代道光年间（1821—1850），里人呈文当时的浙江巡抚杨大人，锡封徐大将军为太湖神。《合肥县志》记载："贲晋初行贾江淮，溺于巢湖死而为神溇、为神，金陵、合肥、南河有庙。明宋濂碑文称神（徐将军）为乌程杨溇，故里旧有庙祷祈辄。里人吴之剑等，具呈当道浙抚据实以闻，锡封号。"道光八年（1828），又封浙江太湖神徐贲为广济伯，并请求朝廷敕封六月二十八日为公祭日。从此，徐大将军从一位溇港小神,晋升为管辖面积 36000 顷、统辖周边 108 条溇港的太湖之神,与黄龙等例庙一样惯例公祭徐大将军。这样,徐大将军既是南京、合肥等地所祀的巢湖神,又是湖州杨渎桥广济伯宫的太湖神了。

广济伯宫后立着一座坟墓,墓碑刻着"晋徐大将军墓"楷体字,上款书"咸丰七年岁次丁巳六月",下款"乌程县知县李伟文敬立,郡人蒋世镛木子书"。笔者问到此墓原址,许多老人对将军墓的迁移时间和过程很清楚。原来徐大将军的墓,在广济伯宫西侧 100 米处的湖畔地上,墓在清咸丰七年(1857)曾修葺过。1992 年,杨渎桥村兴建农业园区平整土地,将徐贲的墓迁移到现在的广济宫大殿东北侧。

总管神与太湖神在历史上或许确有其人,并得到过封建朝廷的封赠。而老百姓对其虔诚供奉,是因为他们是正义与善良的化身,是百姓的精神寄托。从这种意义上说,寺庙不仅是宗教场所,更是一块传播精神文化的净土。

2017 年 3 月

乡的愁

乾隆年间的太湖石塘碑

一块古石碑,竟是清代乾隆年间(1711—1799)筑修护堤石塘的文物。也就是说,早在200多年前,居住在太湖南岸的先民为抵御太湖水灾,凝聚众力,垒筑了一道与自然抗争的屏藩。

碑名为《重修石塘碑记》,高160厘米,宽80厘米。碑额为隶书,碑文楷体。共400多字。碑文开篇即言:"乌程涛邑也,其东北濒太湖者,曰溇曰港曰浦数十处。每当北风怒吼,浊浪排空,啮堤南下,而石桥浦、新浦为尤甚。不特桑麻沃壤尽皆席卷,即筐庐茔地,亦有不终日之虞焉。"

石桥浦与新浦都是自然村,现在属于织里镇汤溇行政村,距太湖咫尺之遥。

据村里老人言,民国年间和中华人民共和国成立初期,石塘因年久失修,早已毁损。那时,西北风一刮,太湖水就汹涌着奔上湖岸,淹没成片的农田和庄稼,村民受灾严重。而碑文记述乾隆年间，有一位叫顾鼎和的乡绅，是非常有远见卓识和号召力的人物。他认为，筑石塘比泥堤坚固，可有效抵御洪水。于是便和其他乡绅"倡议募筑石塘，以为外捍"，筹得银子600多两，于乾隆二十三年（1758）修筑了"东起石桥浦，西讫新浦，计长一百三十丈，高六尺，阔六尺"的石堤。虽然次年"淫雨为灾，渐就倾圮"，但顾鼎和并不丧气，召集众人商议道："天下事善始者尤贵善成，当日之创筑斯塘，将以为久远计也。倘及塘不修，不且堕前功而贻后患耶？"邑绅赞同顾鼎和的想法，于是"协力同心，捐资倡众，不逾时而功遂告竣。"

重修后的石塘，比原先的石塘增高增阔各三尺，而坚固程度超过先前的石塘。重修的石堤"复资二百八十余金"，其中，顾鼎和捐了50两，钟文澹、李鹤书各捐30两，陈謇彰等5人各捐20两，名单皆镌于碑文上，流芳后世。碑记对后来人提出了殷切的期望："后之人果能继起，而增葺之，则居斯地者，有不永戴德乎？"立碑日期依稀可辨，乃是乾隆二十五年（1760）春。

石碑为何垒砌在庙宇的墙上？我们很是疑惑，为此问了村里的老人。一位年逾八旬的老农说，此碑原在不远处的石塘石堤上，石塘弃用后，上面某部门曾派人来要拉走石碑，被村民们阻止了。后来又有人愿出高价买走此石碑，因为这是祖先留下的东西，大家也没答应。为了保护这块石碑，就把它砌于庙宇的墙内，看得见拿不走，才保存到今天。这真是群众的智慧呵。

我们沿着太湖堤岸，边走边寻觅石塘遗迹，终于在芦苇丛中找到了断断续续的石堤。那些乱石已被历史的波浪拍打得非常光滑，从东至西约有 1.5 千米路长。石堤上方，已经垒筑的环湖大堤巍然耸立，而石塘作为古代太湖水利工程的遗迹，应当同样光辉璀璨。面对古人的功绩，我们不由发出一阵感叹……

2011 年春

水韵溇港

伍浦村史馆里的记忆

太湖溇港区域建立的村史馆，伍浦村应该是第一座。

2013年中秋节前夕，伍浦村领导造访敝舍，请我帮助设计村史馆，要把村里的历史展示给后人。意诚情切，感到难以推诿，答应先到村里看看再说。

走进伍浦村。道路宽畅，农舍整洁，健身设施和老年活动中心一应俱全。村部办公楼的走廊上悬挂着名人字画，让人感受到一种诗意的气氛。推开会议室的窗户，浩渺的南太湖近在咫尺，湖中的三山岛清晰可见。我的心情很是愉悦，对村党支部书记舒忠明说，我们先把文案搞起来。

做村史馆，第一件事是搜集历史资料。

连续开了3天座谈会，随后走遍了所属的8个自然村，老干部、老村民开启了记忆的闸门。古溇古闸、古桥古寺，以及那些尘封已久的故事、那些身影模糊的人物，形成了村史馆的设计构架。

乡的愁

　　织里伍浦村是紧濒南太湖的僻远小村落。据老年人讲述，数十年前，该村大约有 1/3 的农户曾经从事过捕鱼业。南太湖水域和千年溇港里的鱼类虾类，是溇区村民赖以生存的天然资源。村民的捕捞手段有竹笼捕虾、盘罾网、丝网捕鱼，多种多样。直到今天，村民捕鱼传统的痕迹随处可见。在一条很小的河港边上，我们看到了一艘长满青苔、有些斑驳的小渔船。村民告知这是妇女主任沈建芳家的，他们曾经用这条船捕鱼，赚过不少钱。

　　太湖溇港，历史久远。现今吴兴区境内尚有溇港 28 条，伍浦村就占据其 1/7。分别是陈溇港、濮溇港、伍浦港、蒋溇港。因而，"溇港文化篇"自然成了村史馆里的一项重要内容。打开民国八年（1919）的吴兴县地图，伍浦行政村所辖的陈溇自然村赫然被标为"陈溇市"。地方志记载，自晚清时陈溇就是商贸繁华的溇区集镇。而清代同治九年（1870）创办的陈溇五湖书院是湖滨地区唯一的正规学堂。《创建五湖书院碑记》详细记述五湖书院的缘起和作用。书院培养了一定数量的有用人才，提升了伍浦村的文化底蕴。

　　"乡村记忆篇"是村史馆比重最大的部分。民风民俗、农具渔具、织布养蚕，几乎囊括了伍浦人的沧桑岁月。其中，有中华人民共和国成立初期创办的伍浦小学遗址，20 世纪 60 年代建造的村部大礼堂旧照。还有 1951 年由首任吴兴县长萧何签发的土地证，"文革"期间颁发的结婚证书以及毛主席语录、像章等物品，农业学大寨的资料、集体生产年代的记工簿和老账册，皆勾勒起人们对往事旧景的无限绵思。村史馆里陈列着一张乡贤榜，既有颇具名望的贤达，也有非常普通的老百姓。比如，南浔人沈天白，曾经为创办伍浦村小学付出努力。沈老师在极其艰苦的环境中，带着几个复式班呕心沥血的情景，上了年岁的伍浦人至今难忘。还有故世多年、曾获20世纪50年代吴兴县劳动模范称号的老村民孙大和等人，均被列入乡贤榜，让伍浦村的后人了解和纪念。

"村民姓氏""当代学子风采""老寿星排名"，这几块版面上熟悉的名字和面孔常常让参观的村民在此驻足议论，甚至心绪沉重。因为他们深知每个名字的背后都有一串辛酸抑或甘甜的故事。从"历史印迹篇"到"清丽伍浦篇"，看着伍浦村自中华人民共和国成立以来的大事记，默默品味着美丽乡村创建前后的对比图片，小小村史馆成了伍浦人记忆的历史、激发爱村爱土热情的生动课堂。

伍浦村史馆由本市文化名人刘祖鹏先生题写馆名，艺术家许羽先生书写了对联："古溇古桥，述农耕岁月；新人新貌，写美丽乡村。"

2013年8月

守护溇港的芦苇

生长在太湖岸边的芦苇，有着坚韧和忠诚的品格。它饱尝风霜雨雪，伴护溇港从远古一路走来。

2016年冬，泰国清迈传来喜讯，湖州溇港申遗成功，为古城的名片涂上了一层金色。翌年春，政府买下义皋老茧站的数十间旧屋，太湖溇港文化展示馆建成并对外开放，迎来了一批批中外贵宾。

古镇义皋的老人们感慨地说，溇港文化馆的快速建成，老沈功不可没呀。他像太湖岸边的芦苇，天天为溇港文化馆这件事忙碌着。

被赞扬的老沈何许人？大名沈林江，吴兴区水利局原副局长，瘦高的个子，有非常敬业的踏实精神，如今负责溇港文化的具体事务。

老沈早年从事乡镇党务工作，搞水利可是半路出家，而研究溇港文化，却是凭着一腔热忱和执着的精神。

自2009年水利局上任伊始，从乔溇到大钱，老沈在吴头越尾的溇港圈踩踏了几个来回。溇港的方位、水闸的分布，尽皆拍照入档，把"大白诸沈安，罗大新泾潘"的溇港地名谣背了个烂熟。当他在石塘浦村发现清乾隆年间的《重修石塘碑记》和古石塘遗迹后，连连称赞太湖先民的伟大，感叹溇港文化的源远流长。不久，老沈在调查考察取得第一手资料后，经过多方求证，写成《创建溇港文化园的建议》向上级递呈，引起领导对溇港文化的重视。此后，溇港申报世界灌溉遗产之路慢慢地向上延伸，一直延伸到了联合国。

编写一部《吴兴溇港文化史》，是老沈供职水利局后的第一件功德。这部书的出版发行，为溇港申遗、溇港文化馆的创办，以及国内专家研究太湖溇港和溇港文化，提供了丰富翔实的文字资料。老沈因何有如此高的工作效率？借用他女儿的话说，"老爸文化虽然不高，但他有一个长处，很会选人用人"。事实确如此，水利局的高工、地方文史专家都被他召进编纂小组。选题、篇目拟订、撰写分工、审稿、插图、出版一应事宜，老沈事必躬亲。一部40万字的《吴兴溇港文化史》，短短两年内，就由同济大学出版社出版发行，受到了各界的广泛好评。

"衣带渐宽终不悔"，几年下来，老沈对溇港的感情，竟然达到了痴迷的境界。2015年，他主动要求从领导职位提前退下,做"自己想做的事"。如今,太湖溇村的风俗民情、水漾圩田、古桥寺庙、人物典故,他都娴熟于胸,俨然成了溇港文化的专家。入夏以来,老沈正在构想建一座以"义"为主题的文化馆,使溇港区域"结拜小弟兄""烧野火饭"的风俗延续,让历史上忠义人物的品德和精神在乡村弘扬传承。

生活中的老沈有点出乎人们的想象。他30岁左右就担任乡镇领导,从来洁身自好,烟酒不沾,也不打牌、唱歌,人们背后说他有些近似夫子。而另一面,他是非常热爱生活的人。他把自己的庭院栽培成一畦花圃和菜园,时鲜果菜滴翠诱人。他是妻子的好丈夫,不仅搞卫生做家务,还烧得一手好菜肴。他更是一位好父亲,培养了一个优秀的海归女儿。

太湖岸边的芦苇,卫兵般守护着溇港和古老的家园。而老沈,恰似一枝坚韧的芦苇。他那高挑清瘦的背影,在溇港区域的晨风中摇曳……

2017年6月

雨中游义皋古镇

2016年4月16日,正是农历的阳春三月,草长莺飞时节。由徐玲玲女士牵头、潘连江先生安排,我们在位于太湖金溇的金旭农庄举行了一次老朋友聚会。一桌丰盛的农家午宴,大家吃到了久违了的香喷喷的菜饭和锅巴,细细品尝了儿时三月三野火饭留下的味道。下午兴致勃勃地欣赏了历久弥新的溇港,游览了义皋古镇。

虽然都是出生在太湖南岸的人,但大家对近年兴起的溇港文化兴致极浓。午饭后,我们先是在文人许羽的"庄园"中稍坐。院内杜鹃怒放,银杏葱翠,各种植物充满生机,可谓春色满园。叶银梅连连感叹院子的布局如同艺术作品,徐永文赶紧拍摄了颇具欧式风格的园中走廊,留住了浓浓的春意。那只名叫"阿毛"的家犬,因为曾经咬人而被主人临时赶到院外,此时隔着铁门叫个不停,不知是向客人示好还是在逐客呢。

离开许宅,在紧傍南太湖的义皋村委会做短暂停留,观赏了天水相连的太湖和湖中隐隐约约的岛屿,更是心旷神怡。接着,义皋村委会主任带领我们参观了正在布置中的溇港文化展示馆和义皋古镇。

溇港正在紧锣密鼓地申报世界灌溉遗产,这是湖州市的一项重大文化工程。溇港文化展示馆由沈林江先生具体筹办。这位生长在溇港区域的中年人,前些年在吴兴区水利局副局长任上,搜集和积累了许多溇港文化的资料。在考察溇港水利的同时,向上级提出了"建造溇港文化园和设立溇港保护区"的建议。而今天溇港文化在全国范围内传播和升温,与沈林江先生的努力付出是分不开的。溇港文化展示馆利用原义皋茧站的老房子,布局了4个展区。除了文字与图片之外,搜集的实物已堆积在展馆的空地。我们看到有木制的水车,有渔民捕鱼的小船和木橹、木桨,还有旧时打米工具木臼和木质臼架。义皋村的老人吴根才说,找到这些东西很不容易,而收藏的村民都很支持,我们收购时所花的钱是很少的。

春天天气变幻无常。早上下着大雨,让原先约定的时间推迟了1个小时。此时忽然又下起了阵雨,我们躲在已经遗弃了几十年的旧茧站中避雨,观赏着这些古旧物件,别有一番兴致。

义皋古镇距织里6千米,因清同治《湖州府志》载"汉

水韵溇港

元始二年吴人皋伯通筑塘以障太湖"而名。春雨稍微小了点,大家撑着各种颜色的雨伞,站在古老的尚义桥上,观赏太湖水缓缓反流溇港南去,大有返璞归真的感觉。桥堍东北侧的范家厅傍义皋溇港而筑,据范氏后人口头相传,义皋范氏始祖为苏州范仲淹子嗣,来湖州经商时看中义皋古镇,在此开设米行,并定居于此,世代繁衍。范氏后人牢记先祖忧国忧民的忠义情怀,不乏读书进取者。清代嘉庆、道光、咸丰、同治年间,有三代人连续担任五品文职官员。后来卷入刑案,被革职充军,从此之后,范家逐渐衰败。现存西大厅坐北朝南,三开间,前后三进,约建于清代道光年间。第一进为平厅,悬山顶,抬梁式结构,雕梁画栋。步梁、月梁、雀替等构件雕有花卉、瑞兽图案,雕工精湛,栩栩如生。大柱皆用金漆,制工极为考究。圆形柱础,方砖铺地,屋面望砖完好。平厅前有砖雕门楼,朝南正额书"慎修思永",朝北阴面书"型仁讲让",意境隽永深远。门楼上镂有仙鹤祥云等吉祥图案。第二进、第三进为楼厅,有厢房连接,中有天井,门楼上书额"福履绥之",彰显了官宦人家的气派。2003 年 8 月,范家大厅被湖州市人民政府公布为文物保护点,现升格为市级文物保护单位。

游完古镇,阵雨初歇,天空一片清新。同游者除了我是闲人之外,其余 8 人皆事务繁忙,也许都是"偷得浮生半日闲"。尤其是沈忠强与闵国荣先生,今天特地抽出时间陪了我大半天，令我十分感激。

"野店桃花红粉姿，陌头杨柳绿烟丝。不因送客东城去，过却春光总不知。"蓦然间我想到了元代赵孟頫的诗，抄录于此作为本文的结语。

2016 年 4 月

漫话西山漾

西山漾属于吴兴的娄港区域。近年，西山漾被评为国家级城市湿地公园，成了湖州市民心仪的休闲胜地。最近又入选了"吴兴新八景"，它的华丽转身，犹如村姑倏忽间变成了大家闺秀。

回忆旧时，记不清有多少次摇着农船，或坐机动船从西山漾经过。

那时从织里出发经南横塘去湖州，要经过6座桥4个漾。很清晰地记得那6座桥依次是红旗大桥（秧宅桥）、大河新桥、浒梢桥、诸墓桥、万安塘桥、铁店桥；4个漾则是大河漾、织荡漾、诸墓漾、西山漾。织里农民还有这样一句农谣，摇船最怕"西山漾的风，诸墓漾里的浪"。西山漾东北面开阔，装满货物的农船从西往东，摇橹要1小时以上。遇上东北风，船速更慢，且有被河水倾覆的危险。农船行至西山漾中，刚好是织里至湖州的一半里程。漾里的水虽然不是很深，但风大时货船发生事故并非鲜见。我的朋友潘先生说，20世纪

乡的愁

70年代初的一个冬日,他曾目睹一艘运货农船被波浪打翻而沉没,船上几位青年农民溺水丧生的惨痛场景。

关于西山漾,有许多民间的传说。

那年我十四五岁,随父亲摇船过西山漾,山上忽然传来一声悠长的鸣叫声。父亲对我说:"那是蛇大将军的叫声,今年又是大水(洪灾)年成了。"民间传说蛇大将军是一条巨大的蟒蛇,大水年成会现身。有人说,曾见过它有几辆水车的身长,其鸣叫声传出有几十里远,民间至今还流传着蛇大将军下西山的故事。西山漾东侧有诸墓村,传说是因三国时期诸葛亮的胞兄诸葛瑾葬于此地而得名。在诸墓村西的一处四面环水的圩田中,有被誉为"千古治黄第一人"的明代水利专家潘季驯墓。

俗话说"靠山吃山,靠水吃水"。

西山漾沿岸有多个古老的村庄,依凭斯山斯水养活着这一方百姓。汲道村的道士田自然村位于西山漾北岸,开门就见碧水青山。村庄何以冠名"道士"?我生有好奇之心,曾询问旧时是否有村人以"道士"为业。几位村民均答"不曾听说有人做过道士"。村里却有"夜里下雨白天晴,饿煞道士田上人"的民谣,是指这个村庄的村民不仅耕种农田,晚上到西山漾里捕鱼摸虾也是主要的生活来源。"九里西山十里漾",昔日的西山漾人以舟代步,农人兼渔夫,

三 水韵溇港

生活虽清贫却近似田园牧歌。然而,西山漾的波涛也给人们带来过灾难,风急浪高时,过往船只倾翻也是常有之事,人为地破坏也记载在《八里店人文》一书中。1958年,"大跃进"之风狂卷神州大地,一时失去理智的人们,耗时数月,在的10条贯连西山漾的支流河道上筑起土堤,用抽水机抽干了西山漾之水,变为人造盆地,种上了水稻、黄豆、络麻。原先的汪洋变成了一片绿油油的庄稼,成了一道时代的风景。1962年,"浮夸风"终于散去,人们挖堤开航,西山漾恢复了千顷碧波。此后,顺着自然规律一路前行。

西山与西山漾唇齿相依,山水相连,写了漾必然要写到西山。

西山又称"西余山",系天目山山脉向东延伸段之余脉而名。同治《湖州府志》卷十九记载:"西余山,在府城东十二里,高三十丈,周三里一百二十步。汉文帝封东海王摇之子期视为顾余侯即此,后坐酎金失国;在西峰上曾建有烽火台,相传是古时传递军事信息情报之建筑。山有弄云亭,古有西余寺。"西余山自古以来有"九里西山十里漾,三潭九井十三庙"的美誉。早在两千多年前,就有"酎金失国"的掌故,众多名人学者隐居于此。地方志记载,山上有不少名人墓葬,留有名胜古迹和许多故事传说。在西余山的顶部、南坡、东侧,曾有庄严肃穆的将军坟、赛皇坟、尚书墓。经千百年的风吹雨打,这些古迹已成为废墟。而明代诗人徐贲情景交融的诗,却留住了西余山的旧时景象:"玩游寡闲侣,独步思弥清。迤逦适兹山,于时苾新晴。云容启朝丽,林采焕春荣。暖崖芳卉集,阳坂纤芽萌。鸟逝何杳渺,泉注每纵横。意会乃成坐,兴尽还复行。此身在贫贱,庶少俗务萦。缅怀嬴台子,仰羡安期生。非徒遁猥迹,永缔烟霞盟。"

西余山的山脉呈东西走向,长1000多米,宽500多米。山顶有4个山峰,主峰海拔91.6米。山体常年苍松翠柏,山花烂漫,泉水叮当,鸟语花香。山体四周被西山漾、塔荡漾、草荡漾、三角漾和百合港怀抱在碧波荡漾的水系当中,犹似天然大盆景。自古以来,西余山就是江南水乡的佛教圣地,从不远处看,整个山体犹如仰卧在水面上的一尊大卧佛。许多专家学者考察后认为,西余山是一个具有浓厚江南水乡特色的集山、水、湖、田及佛教、道教为一体的圣地。它有着得天独厚的地理条件和历史悠久的灿烂文化。西余山山体植被非常丰富,常绿为主,混生落叶,四季变化明显,可谓"春时山花烂漫,生机盎然;夏日山林碧绿,青翠人怡;深秋山果硕硕,红叶满冈;寒冬披素挂银,雪海茫茫",景色蔚为壮观。

回忆当年,我曾两次登上过西山,感受却迥然不同。20世纪70年代初,我帮亲戚去西山脚下装运造房子用的毛石,因要排队等候,顺便爬上西山玩了一下。山路陡峭,两旁尽是荆棘,山脚下石炮轰鸣,硝烟弥漫了西山漾的水面。因为扫兴,爬到半山腰就退了下来。第二次是20世纪80年代初期,我们在西山脚下的一个生产大队参加群众文化工作会议。下午,八里店文化站站长陪着我们游览了西山。从南山坡上山,小路依然陡峭,双手攀附着树藤竹枝,气喘吁吁地爬到了主峰。山顶更是登高望远的佳处,眼前豁然开朗,湖城古郡、毗山弁峰、太湖白帆尽收眼底。西山漾已然变得很小,荻塘运河里,一艘艘货轮蝌蚪般地缓缓游动。山顶上的平坦处,有残垣瓦砾遗留,估摸是"弄云亭"或"西余寺"的旧址吧。山上还有几处小水潭,也许就是"三潭九井"的遗存。西山上长满奇花异草,葱翠的树林间,鸟啼声清脆悦耳。坐于岩石上憩息片刻,有如宋代胡宿"登兹山,憩兹亭,可以无喧无妄,惟真惟静,境与心俱冥,神与气俱生"的感受。那是未经开发的纯天然景色,那是人生中一次难以忘却的、非常快乐的近郊游览!

丁酉仲夏时分,挑了个晴朗天气重游了西山漾旧地。

骑着轻捷的电动车,悠悠地环漾游了一圈,感觉今非昔比。漾水依然往昔般碧绿,芦苇依然往昔般青翠。于远处望,西余山果真像一尊卧佛。漾东北岸,原先的农田改成了公园,花木繁茂,姹紫嫣红。一群可爱的黑天鹅,也在山下的水域里落户安家。治黄名臣潘季驯墓修缮一新,纪念馆正在布置之中。西山漾作为浙江省的特色丝绸小镇、湖州的东部新城，钱山漾文化交流中心已建成开放，图文并茂地向人们介绍世界丝绸之源的诞生和发展。而我此行之目的，是想寻访几处旧迹。道路很平坦且陌生，好不容易找到了几座老桥。记忆中的万安塘桥，是南横塘由东进入西山漾的一座三孔石梁桥，两旁有很长的作为引桥的石堤。而今旧桥尚存，两旁桥墩已长满藤条丛木，满眼荒芜。幸喜古桥东侧2007年新建的公路桥沿袭了旧时桥名。《湖州府志》上记载的诸墓桥早已荡然无存，20世纪后期建造的水泥桥梁，十多年前已弃之不用。而毗山脚下的单孔石拱桥铁店桥，作为市级文物保护点保存完好，备感欣慰。

西山漾位置得天独厚，毗邻有乌山、蜀山；东南有升山、义山；东北有戴山，西有毗山。此外，周围有南荡漾、塔荡漾、草荡漾、诸家漾、吊田漾等，水域风貌富于野趣，幽静天然。河道依据村庄的分布，呈现出自然和半自然形态。大小各异地荡漾水面，南横塘、中塘港、漾南港、汤家湾河、新港、山西港、山东港、诸墓河、村北河、贺家河、晒日河等多条河流，与棋盘式格局的水田一起，编织出南太湖平原特有的气质。

今日的西山漾以其独有的悠闲姿态，向游人展现着湖州的清丽美景、人文渊源。

2017年6月写于仁王山下

你在何方

到现在还没跟我讲

岸上的守候

穿梭在绿水青山的笑颜

转成了思念的乡愁

——主编/悟澹

四 乡愁处处

半袋旱烟 二三乡亲

河板桥堍的老楝树下

有长条石凳长满乡愁

一壶浊酒，唠上了半天乡情

——《致秧宅村》节选

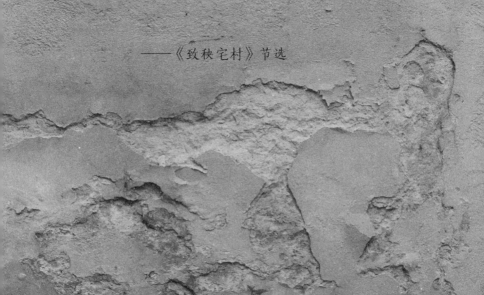

浓了又淡，织里乡村的人文记忆

太湖之滨，村落棋布；荻水之阳，河汊纵横。因溇港而灵秀，延文脉之千古。近年来，织里镇多个行政村兴建了文化礼堂，为打造美丽乡村绘写了神来一笔。我曾应邀为之撰写文案。访乡贤长者于村野，觅古桥水闸穿苇丛，搜方志史料于灯下，收获良多。既为家乡厚重的文脉底蕴备感自豪，更为渐渐淡去的人文记忆沉思难眠。

史志钩沉 古老文脉底蕴厚

文化礼堂设有"村史村情"篇，除了召开座谈会搜集资料外，总要在地方史志寻找线索。而渊博的地方志总是不吝赐教，翻开古香古色的线装书，鲜为人知的资料跃然纸上，许多常人难以解答的问题迎刃而解。

四 乡愁处处

多个村庄的来历与历史人物紧密关联。义皋村历史悠久，清同治《湖州府志》载"汉元始二年吴人皋伯通筑塘以障太湖"而名。晚清时期与金溇、杨溇、谢溇、幻溇同属乌程县13区136庄。民国初期属东北镇，称为义皋里。民国二十四年（1935）后，属义皋镇与义和镇，村庄的历史沿革脉络清晰。旧馆的村名与古东迁县紧密关联，遗迹有"故县桥"可以佐证。《晟舍镇志》记载晟舍则因"唐代名将李晟曾经驻扎而名"，八卷镇志详尽记述了湖州城东第一镇的人文历史、风土人情、园林古迹、名人逸事。

我发现，上林村村名的来历更是有趣。史志记载，上林村在唐朝时称为梅林村，董氏为村内大户，门前植有大梅树，枝繁叶茂。因为皇上曾经到过这个村子，此后梅林村被改为"上林村"，一直沿袭至今。

除了村名来历之外，地方史志还为古镇的人文记忆提供了诸多资料。始建于同治年间的陈溇五湖书院存在于湖滨长达80年之久，传承着清新的湖学之风。乔溇村的崇善堂承载太湖湖面遇险船只的救援和"施棺""惜字"等善行，履行着民间慈善机构和义务环保组织的职能。地方史志还为村文化礼堂的乡贤篇提供了历史人物资料，如明代开国大臣严震直、谢贵，清代藏书家严可均、小湖村名医王中立等先贤的事迹。

乡的愁

让人遗憾的是,地方志记载的织里乡村的传统产业,诸如晟舍凌闵望族的多色雕版印刷、小湖村的造船业,许多优良土产物产如晟舍的杜园笋、美人蚬等,都离我们的生活渐行渐远,随着时代的变迁,被新生事物取而代之。

民间传说　历史印迹源流长

民间传说大多很美丽,而且好多与乡村的历史印迹有关联。

王母兜村的来历:相传王母娘娘下凡巡视民间灾情,在江南农村作法施降甘霖,大地普受滋润,庄稼长势茂盛。为感谢王母恩德,百姓就地筑庵纪念,该村此后被称为"王母兜村",一直沿用至今。

轧村的村名传说与宋高宗有关。现在的轧村在南宋以前叫王家庄。

民间传说还与乡风民俗紧密牵连。如清明节 "花糕" 的来历、农历四月初八食"乌麻团" 的传说、中秋节的月饼故事,都有历史依据。流传于民间的故事之所以能口耳相传而且如此久远,是因为它们大多是弘扬正义,或者是赞扬底层百姓智慧的。《秧宅村的土地神》是纪念本村一位刚正不阿、为民造福的退休官员，颂扬死后封神的清官形象。"方邦相的头上功夫"是织里民间流传广泛的故事，通过民间武师的上等功夫，教训狂妄自大的顽劣之徒。

数年前编辑出版的《织里民间文化》，其中的民间歌谣是先民传承下来的文化精华。《织里山歌》《三十六溇》《摇摇船外婆去》等家喻户晓，代代流传；《长工苦》《摇船山歌》《烟花女子告阴状》等歌谣是旧时底层农民受尽压迫的悲惨写照；《十二只棉兜》则是织里地区最具代表性的哭灵歌谣，至今仍在流行。

特色村庄　心灵情结难舍割

特色村庄是我们这一代人无法抹去的记忆。换糖换捻线，鸡毛换草纸，卖黄莲头，打鸟打野猫，那些儿时的情景总会在梦境里缠绕。

"换糖换捻线喽"，货郎鼓在村头"卜咚卜咚"响起，馋嘴的孩子拎着破布烂鞋，围着糖担团团乱转，这是50岁以上的人们至今还记得的场景，是旧时清水兜、晓河村的村民，用糖及日用小百货换取废旧物品的副业。其中的糖是麦芽糖，"捻线"指日用小百货。他们走村穿巷，担子的一头是一个木箱，里面放着针线、顶针箍、肥皂、木梳、牙膏、发夹等小百货，另一头的木盘里放着饧糖，交易的方式是以物易物。流动的地域很广，除了湖州、南浔、菱湖、双林等城镇和乡村，有的还运往江苏、安徽的邻县。"鸡毛肉骨头换草纸"也是上述村民农闲期间从事的副业，经营形式与"换糖换捻线"大致相同。

卖黄莲头是秧宅村的特色。也不知从哪朝开始，这座百来户人家的小村庄，八成以上农户都有卖过黄莲头的历史。

清明节过后，村民合伙摇船到长兴的山里采摘黄莲头，晾干后腌制上甏。"双抢"结束后，就在浙北地区的集镇和乡村叫卖。人们结伴租上一条小船，带上柴米铺盖，摇到某个小城镇销售，菱湖、新市、乌镇、湖州为多。黄莲头开甏后，用棉纱线扎成小小的一束，装入特制的扁圆形竹篮，盖上干净潮湿的毛巾。来到闹市或学校门口，手中两块竹板敲得"嗒嗒"响，口中吆喝"买黄莲头啰"，时不时有人来买几分钱。而在校门口，下课时学生蜂拥而上，带去的黄莲头有时霎时间就卖光。黄莲头清凉消暑，也有村民带上它到太湖畔的村落换废物品，一天也能卖上两三元钱。20世纪80年代后，秧宅村的这项副业逐渐消失。最后一位卖黄莲头的是北村头的胡顺珠，一直卖到新旧世纪交替，这位勤劳朴实的女人遇车祸故世。从此，水乡再

四 乡愁处处

无黄莲头的叫卖声。

与之相邻的郑港村曾经是香大头菜的特色村,村民家家户户在自留地上种植香大头菜。收获后洗晒干净,腌制上甏。农闲时到城市销售,色鲜味美,深受欢迎。

东湾兜村民曾经以扎草囤,织渔网为副业,技艺精湛。

秦家港村是竹制品的特色村,20世纪中下叶,湖州市场的竹丝扫帚、竹制饭篮(称饭烧篅),大多出自秦家港村村民的手艺。

俱往矣,上述传统副业与特色村庄大多消失,却在人们的记忆中时隐时现。

民间习俗　千古乡愁几多情

细细回忆了一下,织里的民间习俗真是精彩丰富。有的被传承下来,还有许多被简化或被"去"掉了,因此感到很是惋惜。

儿时的清明节,除了包粽子、做花糕、祭拜祖先外,父亲还用散石灰在大门前的道地上撒成方格形和符咒,在大门上按石灰手印,插上杨柳枝条,贴上"姜太公在此百无禁忌"的黄色符纸,说是可以镇恶避邪,野鬼孤魂无法闯入宅第。

如今端午节过得比旧时隆重。送礼宴客，粽子绿豆糕一年比一年高档。端午节的真正意义，除了纪念屈原之外，其他的习俗，年轻人则知之甚少了，端午被视为"毒日"的传统观念在一点点淡漠。端午时将进入炎热的夏季，人易生病，黄梅时节瘟疫流行，被民间视为"五毒"的蝎子、蛇、蜈蚣、蜘蛛、蟾蜍正趋活跃，而今许多人却不知何物为"五毒"。旧时家家户户悬挂于门上的菖蒲、艾叶、蒜头，称"端午三友"，还有毛桃枝条等避邪物，也淡出了百姓人家。旧时过端午节，有道人送来手执宝剑跨骑狮子的张天师像，贴于宅内镇邪。在室内喷洒雄黄酒消毒。六月六日晒书籍、"浴猫狗"。黄纸上写有各户亡灵的姓名、生卒的年月日，相当于人间的户口簿。上述种种，有些消失了，有些还在延续。或许，这正是民俗文化演变的自然规律。

时下乡村婚丧喜庆活动频繁，排场越来越大，动不动摆上五六十桌。随之配套的礼仪形式更不甘示弱。车队迎亲，乐队演奏，聘知名主持人做司仪。成人典、老人做寿也随之跟进。礼金水涨船高，老百姓褒贬不一。与此同时，许多传统的，或者说国学文化却在弱化。

一位乡村的耄耋老人几年前送给我一本《荤素喜庆袖珍》的手书本，说我今后或许有些用处。近日打开一看，发现有很丰富的传统文化内涵。

喜（仪）簿是记录婚宴收取礼金的登记簿，然其封面与扉页的书写格式很有讲究。男子结婚，喜簿封面除了书写日期和家族堂名外，有"麟趾呈祥"和"龙凤呈祥"两种写法，扉页还要写上族长名字。女儿出嫁喜簿封面写"凤凰来仪""琴瑟和鸣"。定亲时送给女方长辈的礼包要写旧时称谓，如"堂上""太堂上""伯堂上"等。老人亡故的丧簿封面写"慎思追远"。孩子满月写"弥月之敬"，16岁写"初度之敬"等。优秀的民俗是先民留下的文化遗产，应该深入挖掘并记入地方文史。

"曾经沧海难为水"，让远去的记忆变成悠长的回味，让人们的感叹吟成永远的乡愁。

2014 年 11 月

乡的愁

大港村传统文化活动纪行

当一个村庄被冠以"文明""小康"等荣誉或者称号的时候,不只是在于它有较强的经济实力,还在于它有优良传统文化的作用。

年初踏进大港村,又一次被村里开展的传统文化活动感染得心花怒放。村部前的白场上,十几名年轻人高擎着一条中华龙,随着咚咚锵锵的锣鼓声舞得正欢,他们的脚步欢愉而矫健。在村主任的办公室里,几位上了年纪的大伯大妈,正报名参加村里的腰鼓队和舞剑队。而村部的小会议室,时时传出争论的声音,原来是村道德评议小组成员在评选"十大孝星"。

在南太湖水乡,大港村经过旧村改造和新农村建设,成为美丽的乡村。两年前,我受托编写《大港村史》,几乎跑遍了这个村子的田野地角,走访了几十位老年村民。感慨系之,就写了《滨湖古村,美丽家园》和《寻古探幽大港村》两篇文章,发表在晚报上。前者描述人勤村丽,

四 乡愁处处

后者写的是人文历史。

大港村的领头人朱新康认为，传统文化对现代人的影响，有着不可低估的力量。在农村中，对父母的孝道是很重要的。我选村干部的首要标准，就是看这个人是否尽孝，家庭是否和睦。如果做不到这点，哪能治理一座村庄？

朱新康最注重的是村支部书记这个角色，考虑着如何让村民过得富裕。朱新康私下与我多次探讨。他认为，搞企业不是很吃力，因为有章程制度，手下有好多人在做事，而要搞好一个村及村民的思想道德却不容易。因此，决定编写一本村史，让后人了解祖辈创业的艰辛。新康想用传统文化和国学精神善村民的思想品德。有趣的是，这位农民出身的企业家认为，农村的"土灶台"就是一种传统义化。上面写的"忍耐为先""火烛小心"就包含着儒家的宽容思想与警示安全等内容。"上天奏善事"的灶君，则是人们对神灵的尊重和敬畏。因此，农村土灶台被放进了大港村史陈列馆很醒目的版位。

提到国学文化，朱新康说，自己文化程度不高，刚开始听课时，对孔孟的东西听得云里雾里。经过老师的解读，觉得很有味道。后来慢慢上瘾了，都赶到杭州、南京去听国学课，传统文化让他受益匪浅。

2010年初夏某日下午，朱新康打给我电话，说请了中央电视台《百家讲坛》主讲人、江南大学文学院姚淦铭教授第二天上午8点半在大港宾馆讲孔子,不妨去听听。

次日,我早早起来,提前于8点10分赶到讲堂。进去竟让我傻眼了,里面已坐满了人,对号入座,我是最后一个到的。望着四周,有熟识的和陌生的。我有点不安,初次感受到了凝聚力和纪律的约束性。8点30分准时开讲,姚教授讲的是"孔子智慧与企业管理"。台上讲得精彩,台下听得认真,许多人还记着笔记。直到老师宣布休息10分钟,我走到过道上接连吸了3支烟。

《弟子规》是封建社会的儿童启蒙读本,虽然它在历史的河流里沉沉浮浮,经历千年百岁,最终却沉淀为一颗珍珠。朱新康阅读数遍后万分感慨,《弟子规》这本书写得太好了。易学易记,对家庭、对企业、对社会都适用。2010年春,他买来了一批图文并茂的《弟子规》,大港集团千余员工人手一本,开展了一场学习传统文化的活动。公司规定,各单位最先背诵出《弟子规》的员工,立即发给奖金500元。一时间,集团上下形成读书的风气。"弟子规,圣人训。首孝悌,次谨信……"车间内外抑扬顿挫,书声琅琅。

在童装名镇织里,好多有名气的企业家都出生于大港村。比如,名誉京都的珍贝羊绒,业主邱氏三兄弟是大港村北姚兜人,港商沈荣林是下山自然村人,帕罗羊绒业主

四 乡愁处处

沈建明是大潘兜人。他们是富甲一方的商人,更是深受中华传统美德影响的农民。不然,邱老大会捐出百万元善款,资助数十名贫困大学生?沈荣林会捐资修桥筑路行善事?朱新康会设立每年50万元慈善救助金?他们哪一个不是孝敬父母的典范、倡导文明的楷模?

《大港村史》里,记载了多位本村的道德模范。济困助危的张阿虎、十年如一日侍奉瘫痪婆婆的盛二宝、感恩故土的沈福康等人。他们是普通的老百姓,但他们的事迹感动了村民,也感染了本村以外的人。2010年,在评选湖州市"文明五心"好市民活动中,张阿虎以最高票当选"爱心好市民",也就成了情理中的事。当全村评选"十大孝星"时,许多感人事迹又展露在公众眼前。

"父亲位上席,儿孙坐下席,好菜先让老父尝",村民朱柳宝给全家立下的规矩,就是民族美德的薪火传承。退伍军人金龙继承传统孝道,在母亲病故后,就和89岁老父同居一室,为老人擦身、洗脚、换衣服。父亲年老怀旧,金龙陪他游旧地,访故人,极尽人子之孝。大家需要守护的不就是这样的精神家园吗?尽管他们所做的是那么普通平凡,尽管他们生活中存有各种缺憾。

大港村有着深远的传统文化渊源。从村史中记载的先民农耕文化、桑基鱼塘文化到近现代的麻织文化,都是中国农村农业发展的历史。而曾经活跃在民国年间和中华人民共和国成立初期的民间文艺团体,本村就有"杏轩班"和村文工团,20世纪六七十年代有毛泽东思想文艺宣传队,都在朴素地传承着中华传统文化的元素。近年来,开展的《我是大港人》等系列文化活动,更显示了新时代大港村民的精神风貌。

经过几代人的努力,大港村建立村史陈列馆、可容纳数千观众的文艺演出舞台、70多米长的中华传统文化墙,还有公布"十大孝星"事迹的巨型宣传牌。

大港村民道德讲堂设在村部三楼大会议室。村委会已做出2011年不定期举办讲座的规划,围绕中华传统文化忠、孝、诚、信、礼、义、廉、耻的核心内容,结合现实社会人们的道德价值观念,定期聘请专家学者讲课。还将深入研讨传统文化与新农村建设的内在关系,如同老农民选择农田里的优良种子般认真。

近3年来,我经常穿梭于大港村,认识了许多大港人,感受了许多不寻常的事,因此就对这个古老的村子产生了很深的感情。我很认同这样一种说法:精神或者说是文化,有着物质所难以企及的功能,它有着更强的"遗传"性。经济上的优势可以在历史的瞬间失落,但文化却不会,它的根牢牢地扎在一个民族的内心深处,像基因一样世代相传。

（四）乡愁处处

"造物无言却有情，每于寒尽觉春生。万紫千红安排著，只待新雷第一声。"撰写此文时，窗外正飞扬着庚寅年的第一场大雪。有道是瑞雪兆丰年，祈愿大港村播下的传统文化种子，在蓬勃的新农村土地上开出美丽花朵，结成累累硕果。

2010 年 12 月

年味,从记忆深处飘来

小时候掰着指头盼过年。总是惦念着年饭席上的囫囵蛋,总是惦记着除夕晚上长辈发的压岁钱。

跨入腊月的门槛,村子里的年味一天天浓了起来。妇女们是村里最忙碌的人,趁着农闲时季,她们忙里忙外,梳理着过年的繁杂事务。做年糕的米粉、祭奠祖先的供品、老人小孩的衣服、招待客人的菜肴、走亲戚的礼品,甚至家里圈养着猪羊的过年饲料,都需她们安排妥帖。春节前天气往往多雨雪,总要抓住晴天洗晒衣服、被褥,洗晒过年食用的咸蹄、咸鸭。老汉们秉承了闲不住的性子,把秋季翻垦下来的老桑树锯断,用斧子劈成小块叠得整整齐齐。空下来就搓草绳、扎草鞋,以备来年春耕。空闲的是已放了寒假的小孩子,他们成群结队、漫村遍野地寻找自己的乐趣,甚至忘了回家吃晚饭。

腊月廿三送灶王爷上完天,乡村就意味着开始过年了。廿四是掸尘日,家家户户都要进行一番卫生大清除。记得

四 乡愁处处

小时候除尘日的清晨,父亲吃完早饭就穿起了蓑衣,戴上笠帽,手执一把用高粱穗自制的尘掸,把积在房子里的灰尘和蛛网,上上下下掸落个干净。还把家中的凉橱碗橱浸泡在门前的小河里,里外洗刷了一遍,放进家后已是全新面貌。

接下来几天,村民开始准备年货。过年前家家杀鸡杀鸭,而收购鸡毛的小贩,则抓住这短暂的商机走村串巷。他们有的把货郎鼓摇拨不停,有的则大声吆喝"鸡毛肉骨头换草纸喽",人们听到声音,就把鸡毛等废弃品拿出与之交换。妇女大多选择换了生活用品,小孩子总吵着要换几块硬糖以解嘴馋。

乡村的除夕日最是忙碌,年味也由此达到极致。炊烟从家家户户的土灶台袅袅升腾,鱼肉的香味在村子里到处飘溢。农家几乎都在除夕上午"请利市",下午祭拜祖先,有的人家还祭拜"棚头五圣",祈求六畜兴旺。然后合家团聚吃年夜饭,长辈给小孩分发压岁钱。除夕晚上,小孩子提着"状元灯笼",唱着"猫也来,狗也来,蚕花娘子到伢府上来。大元宝,滚进来;小元宝,门缝缝里轧进来"的古老童谣,满村游走祈福。男人们大多玩牌打麻将、听书听戏。乡村的女人最是辛苦,年夜还要打扫家里的卫生,拎满水缸,缠绕好年初一燃烧的草卷。然后和粉做团子、包馄饨,因为乡村的风俗,大年初一不扫地,不做较重的体力活。

年俗更是丰富的民间文化。在织里农村,年初一"接天",供奉玄天上帝、三世如来的纸神位和供品,而且这项事情规定要当家男人做,为的是表示庄重。也有说法是女人一年四季都辛苦,大年初一特意让她们放松享受一天。因此,年初一请神和煮团子等事都要男人干,让女人们美美地睡个懒觉,美其名曰"困蚕花"。

大年初一也是传统文化集中展现的日子。小时候,我起床第一件事就给祖父拜年,行下跪礼。吃完团子,就听见桥头响起了"将军锣鼓",节奏铿锵,让人振奋,可惜这个节目未能在小村里传承下来。年初一人们相见大多拱手祝福,互道吉祥。连小孩子也变得彬彬有礼,不讲粗话脏话了。农家都在门上倒悬着"福"字和春联,意蕴吉祥美好。

马年春节已悄然来临,过年的味道却似乎没有些许感觉。人在渐渐老去,许多往事已然淡忘。而童年的记忆依然清晰,尤其是童年乡村过年的情景,是那么的铭心刻骨。

2014 年 2 月

四 乡愁处处

秧宅村情结

一座古老又淳朴的村庄，忽然间要改变它几百年来的面貌。秧宅村的人们纷纷议论，在阵痛中经过沉思，很艰难地做出了自己的抉择，拆除老宅，建造新村。

年轻人和儿童对村庄改建姿态较为随意。他们已很多年不在老家居住，有的小孩子甚至连自家的祖宅什么样子都是印象模糊的。但老年人心态就不同了，他们世居于此，有的人几乎一生厮守，纵然老宅低矮简陋，却蕴藏着深深的情感。他们说，自己久住惯了的老屋子，觉得远比高楼豪宅舒坦自在。

母亲2013年91岁高龄，居住这个村子已70多年。老人一生没有坐过火车、飞机，甚至连远一点的城市也未去过。那座并不古老的宅子里，藏着一串串无法忘却的岁月往事。老宅子里，有着她一沓沓难以舍弃的故旧情结。老人居住在两间低矮陈旧的老屋里，有着自己的生活情趣。每天清晨，她都要到瓜果蔬菜地里转悠，摘几根黄瓜与一把茄子回来。

午饭后与老伙伴们聊天说笑,边听戏剧边做针线,心地淡然,竟也长寿。这次要拆除旧房,村委安排她去另处居住,老人却死活不愿离开,村里只得决定予以特殊照顾,暂留一间让老人临时居住。

因姨今年 87 岁,对于搬迁老宅,有一种说不清道不明的情绪。她对我感慨道:"造新房子好是好,但家中藏有几十年的家具、农具怎么办?老房子先拆了,我真不想到另外地方住啊。"老人的想法是,新村建造尚需时日,说不好两年三年。自己这么一把年纪了,还要栖身他处,真是想不通啊。

沈氏大厅,是秧宅村唯一保存且结构良好的清代建筑。砖雕门楼,三间大厅雕梁画栋。沈氏祖先在外埠经营瓷器,老宅估计建造于同治、光绪年间,已有百余年历史。中华人民共和国成立初期,乃至漫长的农业集体化年代,村里开社员大会、文艺演出、村民的喜庆活动,大多在沈家大厅举行,每忆及此,往日情景在脑海里纷至沓来。沈家大厅这次也被列入拆除范围,我感到惋惜,多次建言村镇领导,建议保留此古宅,留给后人一个念想。挖掘机一铲,这座古建筑就永远消逝了。这种教训和遗憾,即将成为人们眼前的事实。

村中还有几座年代久远的小桥,造型精致,还有故事

四 乡愁处处

传说。比如,南村"叶小桥",桥额写的是"太平桥",其搬迁缘由和习惯称谓,老年村民都能说出个子丑寅卯,包括北村头的"见龙塘桥"与白龙桥的传说,在村民中代代承传。"见龙塘桥"为三孔石梁桥,建造于1949年。胡应才老先生说"见龙塘桥"的楷书桥额是本村老中医徐杏荪写的。杏荪先生是我的先祖父,1963年故世,享寿74岁,在那时算得上是高寿了。这几座古桥曾经是人们东来西往的交通要津,也是村民夏晚纳凉谈天说地的场所。记得儿时的夏天夜晚,我们拎了几桶水浇湿石梁桥板,就坐在湿漉漉的桥墩上,手中摇着破蒲扇,边与小伙伴聊天,边等候阿庆伯伯来说书。他说的"大唐郭子仪"和"罗通扫北",很有传统评书的气势,大家听得津津有味,鸦雀无声。纳凉听书到半夜,步行回家,小河两岸萤火虫闪闪烁烁,草丛中蝈蝈声清脆悦耳。乡村夜景,让人遐思不已。

建造新村是时代趋势,也是几代村民的美丽梦想。而留恋祖宅几乎是我们这一代人的永恒。听说家乡要整体拆建,已离开家乡数十年的浙江中医大学陈锡林教授特地赶回家。在村委干部的陪同下,绕村走了一圈,与分别多年的老人们做了情感交流。在自己的老宅前伫立良久后,做了感人肺腑的怀旧感言。他说每次回到老家,总要想起许多童年往事,思念儿时伙伴。儿时游戏的情景至今无法抹去,故乡也许就是游子的梦中归宿。

乡的愁

目睹成片的老房子在铲机隆隆的轰鸣声中倒塌。一片瓦砾，满眼苍凉，心中的惆怅与欣慰同时翻腾。老宅是祖辈父辈留下的基业，许多先人曾在老宅中离开人生，很多刻骨铭心的故事，曾经在老宅中演绎。而新村落成后，村民旧的生活方式将要改变。清明节做花糕、夏日河阜摸螺蛳、冬天庭院蒸年糕、腊月廿三送灶王、除夕傍晚祭祖先等传统旧俗将慢慢在这个古老的村子里消逝。

为了留住岁月的印痕，留住古老村落的旧貌，秧宅村委会干部很有远见，两次摄制了本村旧貌的资料片。2003年，时任村党支部书记叶金泉委托我撰写文稿，请专人拍摄录制。时隔10年后的2013年，现任村党支部书记徐根林在老资料片的基础上重新摄制，把全村老宅、小桥、古庙和80岁以上老年人摄录其中，把本村的历史、人文、民风习俗，以及曾经的农耕岁月融为一体，留下了秧宅的原来面貌。这是该村一个时代的原始记录，若干年后，或许就是一部非常珍贵的江南水乡的历史资料。

故土难离，祖屋情深。故宅，是魂牵梦绕的念想，是一个"剪不断，理还乱"的悠悠情结。

2013年秋

四 乡愁处处

追忆父亲

2011 农历七月，父亲逝世已整整 10 周年。

早就想写篇追忆先父的文章，却不知从何处着笔。因为父亲的一生太普通平常了，唯有他的吃苦耐劳和勤俭节省的形象，在我心中嵌入了深深的印记。他对子女的慈爱，是永远无法感恩与还报的。

父亲于民国十年（1921）中秋节出生，幼时曾念过几年乡村私塾，粗通文墨，楷书写得一丝不苟。先祖父是乡村老中医，本来父亲可以学中医继承祖业，但因家有几亩田产，父亲十三四岁时就从事农业耕种，徐氏后人从此与中医断绝了缘分。

父亲的童年和青年时期经历了灾荒战乱，经受了许多艰辛与磨难。听祖母讲述，父亲 17 岁时，日寇侵略中国，是年冬湖州沦陷。在非常寒冷的冬天，一家人逃到太湖边上去避难。第二年春天，东洋鬼子依然在塘北横行，父亲为赶农事,壮着胆子到田间干活。不料几个日本兵路过,一阵叽里咕噜,把父亲叫上岸,用枪对着把父亲抓走。家人得到消息,急得不知所措,祖母更是哭得死去活来。一周时间杳无音讯,大家都认为父亲已被日本鬼子杀害。祖父母为他设立灵位,准备丧事。岂料家人悲恸万分之际,父亲在失踪10天后居然回来了。原来他被日本兵抓去帮助摇船,一直摇到上海青浦等地。父亲向翻译官苦苦哀求,日本人见他年纪尚小,就给了一块银圆让其回家。父亲在路上走了四五天,才回到家中。一场灾祸终于化险为夷。

中华人民共和国成立之初,父亲曾担任过本村的村主任,参加人民政府开展土地改革等工作。后来因当时的吴兴县农村发生了"闹粮"风波,作为村干部,父亲难免牵扯其中。祖父母胆小怕事,坚决不让父亲再当村主任,父亲是孝顺之人,从此就老老实实地种田了。

1958年,全国办起了人民公社。父亲参加了大炼钢铁运动,先是在湖州西门的耐火厂工作,后来转到南皋桥的湖州石灰厂。次年家庭发生变故,父母离异,我与5岁的妹妹归属父亲。1960年,是三年困难时期的第二年,在联合诊所行医的祖父被精简回乡,我与妹妹随祖父母过着极其艰难的日子。在祖母的催促下,父亲辞去了石灰厂的工作,返回农村。两老两小的生活重担,沉重地压在父亲的肩上。幸亏祖母身体尚健,我与妹妹的生活全由祖母料理,时隔

四 乡愁处处

数十年,祖母的慈爱依然浸润着我们兄妹的心田。那时全家的生活异常艰苦,吃糠圆子,食豆腐渣,父亲在生产队劳动一年,年终还要透支几十元钱。随后两年间,祖母祖父先后逝世,父亲既当爹又当娘,含辛茹苦把我们兄妹抚养成人。

我对父亲的记忆,有几件事非常清晰。

1966年秋,我被学校选为赴京代表。通知去北京那天是星期日,正巧早上我与父亲摇船去陆家湾卖山薯了,直到傍晚时分才回家。大队书记叶香林告知我,上午公社电话通知,今天下午要我到湖州报到,夜里12时到嘉兴,再转乘火车赴京。那时能去北京是一件多么荣耀的事啊,我急得哭了起来。父亲说:"快,我们马上步行去湖州,兴许能赶得上。"我们急急扒了两碗粥,就匆忙上路。那时乡下都是崎岖小路,天又黑,就深一脚浅一脚地行走,途中还要摆两次渡。赶到湖州海岛时已近夜里10点钟,在报到处登了记,离出发还有两个小时。父亲从衣袋里掏出一把钱,那是当天卖山薯的收入,总共不到15元。他从中拿出一张2元的,其余全塞给了我。父亲叮嘱道:"把钞票放在贴身的衣袋里,小心弄丢。我回家了,你第一次出这么远的门,自己要当心。"望着父亲在昏黄的街灯下离去的背影,我的眼眶潮湿了,也许这是我人生中第一次感受父亲的慈爱呵!

乡的恋

深沉的父爱是难以言尽的。20世纪80年代初，我已调至织里镇文化站工作。为改善居住环境，与好友老潘在镇西购得一块宅基地，买了建筑材料，刚动工，忽然接到通知，要我去湖州学习半个月并参加考试。这次考试事关人事编制，我正在为难，父亲对我说："你放心去学习吧，造房子的事让我来管。"父亲这年已逾花甲之岁，又在初秋季节，天气非常炎热，但老父日夜守在工地上，添材料，联系工匠，事无巨细。为了子女的事，他总是这样尽心尽职尽力。待我学习回来，小楼已经建成。友人告诉我，父亲为了不让材料丢失，连床铺都打在工地上。我想，父亲，只有慈爱的父亲，才肯毫无怨言地为子女付出这许多辛劳啊。

父亲平生非常节俭。从我记事时起，他吸的就是旱烟。几分钱买一包土烟丝，往往要抽好几天。他用的是竹竿制成的旱烟管，有一尺多长，把烟丝装入，然后用毛纸点燃，悠悠地吸着，似乎非常惬意。孩提时，我和妹妹对竹烟管很畏惧，因为不听话时，父亲顺手就抽上一记，妹妹至今还记得很疼。当年生产队派父亲出外积肥或卖青菜，每天有两角钱的津贴费，但他舍不得用，总是带上一瓶咸菜和炒黄豆。20世纪90年代后，商店已不卖土烟丝了，父亲就抽三五元一包的劣质烟，有时我给他买条好烟，他就很是责怪。有一次，我给父亲递上一支中华烟，他就说："你为啥抽这种高档烟？一支烟好买一斤多米啊。"我竟然不知如何作答了。父亲晚年因在织里医院盲肠炎手术时腿脚落疾，后来不能行走，我请了专人在家护理他的生活。老人又嫌我多了一份开支，竟唠叨了很长一段时间。

10年前的农历七月十三日，父亲在老宅仙逝，享年81岁。当天上午，我们还因过七月半提前祭拜祖先回到老宅，中午时分老人还是好好的。至今还清晰记得，与父亲分别时，他笑着对我说："你们忙，不需要经常来看我的，我短期内不会走。"孰料下午三时半，妹夫打来电话说，父亲突然间不行了。我与儿子匆忙赶回家，父亲已溘然长逝。我在老父的遗体前无声抽泣，泪水潸然……

"十年生死两茫茫，不思量，自难忘。"父恩如山，父爱若水。

2011年秋

父亲与他的棕蓑衣

夏天,草木森森,蝉唱蛙鸣。池塘里莲叶接天、荷花映日,四处皆生机勃勃。

而在雨水似泣似诉、霪霪不歇的黄梅季节,我总会想起已故世十多年的父亲,也会情不自禁地想起那件伴了父亲数十年的棕蓑衣。

父亲曾经告诉过我,他的棕蓑衣民国年间就有了。只是我当时年幼,没有问具体是民国的哪一年。棕蓑衣是用深褐色的棕榈片制成,分上下两节,总高度超过1米,工艺非常考究,与一顶箬帽配套穿戴,就成了柳宗元诗中的渔翁模样。

1954年,太湖流域大涝,村子外的圩埂被冲毁,大片农田被淹。父亲就是穿着那件棕蓑衣,或日夜修筑圩埂,或坐在水车上脚踏车水。棕蓑衣就驮在他的背脊上,一直驮到黄梅尽头,驮到大水缓缓退去。我猜想那个时候,父

乡愁处处

亲与乡亲们，不会有人知道唐人张志和留下的《渔歌子》，更不会去体味"青箬笠，绿蓑衣，斜风细雨不须归"的诗情意境。

那年农村尚未完全合作化，车水是按农户的田亩多少分派劳力的。许多人家都是父子兄弟齐上阵，轮流参加车水。我家田亩不算少，而劳力就父亲一人，也只能由父亲一人承担车水的重任。好在他当时30岁出头的年纪，身体尚能应付，但一个黄梅季节下来，也是精疲力竭了。父亲参加车水有两个地方，一是秧宅村港西的600亩圩，二是漾东圩圩。因为这两块圩田里，我家都有好几亩水田。水车集中在叫"大家缺"的地方，二三十部水车，向外河港一字排开，水从各户的农田沿着小溪，慢慢流入"大家缺"。两个人合踏一部水车，由水车往上排入外河港。

在众多水车中，有一部是领头的。车上有绳子穿着一串竹制的码牌，水车上系有一个颜色明显的标记，每踏转完一圈，码牌就移过一只。领头人嘴里拉长声腔，唱着委婉悲憾的数字歌。所有的水车用一根长长的草绳联结着尾部，要求车水的人们用力均匀、步调一致。踏完100圈可以停顿一下，稍微歇下力，也可以让人换班或吃些点心。我记得好几次给父亲送点心，竹篮子里放把陶瓷茶壶和几个米粉做的圆子，有时祖母还摊了葱油面饼或糯米饭团。我才五六岁，头戴一顶大箬笠，拎着竹篮子，小心翼翼地走在湿漉泥泞的小路上，生怕一跤跌进小河里。到了水车埠头，就站在村民们临时搭建的简陋芦苇棚里，芦苇棚稀稀疏疏的可以看见天空，雨水滴滴答答往下淋落。领车人的吟唱声一停，父亲就从水车上下来了。他脱下棕蓑衣挂在简易棚上，就拎起大茶壶喝茶，一手拿着点心吃了起来。芦苇棚里还放着几条简陋的竹凳，吃完点心，父亲就从腰间系着的布袋里抽出竹制的潮烟管和烟袋，坐在竹凳上抽起了潮烟。也许此时才是他最轻松自得的一刻。

1958年，农村办起了人民公社，完全进入了集体化生产。父亲也响应国家号召，参加大炼钢铁运动。先在湖州耐火厂工作，不久转到石灰厂搞后勤，石灰厂厂址在南皋桥，在北门城门口设有办事处。父亲离开家里时，把他的棕蓑衣洗净晒干，然后用旧报纸包扎好，系挂在阁楼的木梁上。父亲笑着对我说："这是件宝贝呵，说不定过几年又要穿它了。"

三年困难时期进入到最末一年，父亲果然精简回乡了。原因之一是国家的大气候，同时也因为祖母一次次地催促他归家。干农活是父亲的老本行，可以说件件熟悉。没过几天，父亲从木梁上取下棕蓑衣。打开一看，发现有些棕片虫蛀了，一拎起就散落到地上。他非常心疼，连连责备自己没有保管好。他请来修复棕蓑衣的工匠，把好多旧棕片换下，俨然变成了一件新的棕蓑衣。而这一修，竟花了5元钱，那时5元钱可是笔大数目呵。父亲很有些舍不得，嘴里喃喃自语："算

四 乡愁处处

了算了,这一修又可穿好多年了。"

1960年之后,农村建造了机埠,脚踏水车及石臼、木砻、石磨等工具完成了历史使命。不久,电灯及收音机也进入了农户。那是农村集体化生产年代,农民们雨天也照常出工干农活,譬如摘桑叶、垦田、插秧、摇船外出等。那时,乡村开始流行用塑料薄膜做雨衣,既轻便又好看。但父亲依然穿着他的棕蓑衣,并且笑着说:"塑料这东西,穿在身上密不透风,很难受,肯定没有我的棕蓑衣舒服。"果不其然,有时雨水下得很大,半天农活干下来,穿塑料雨衣的人浑身湿透了,分不清是雨水还是汗水。而父亲穿着他的棕蓑衣干活,内衣却非常干爽。父亲对自己的棕蓑衣可谓钟情至极。让人觉得不可理喻的是,他不怕人们笑话,不仅雨天穿着,盛夏季节耥田摸草时,大晴天他也穿着,说穿着棕蓑衣干活凉爽。

农村经历了漫长的集体化生产后,又回到了分户承包的年代。1990年后,父亲已逾古稀之年,生产队的农田也为种粮大户承包,农活都是机械化操作了。他的那件棕蓑衣就这样完成了使命,后来也不知弄到何处了。

雨季还在持续。父亲勤劳节俭的一生留给了我们绵绵无尽的回忆。他的那件棕蓑衣,更是一个难以忘却的故事。

2016年6月

乡的愁

茶到淡处味犹在

——读王麟慧美文集《来不及长大就老了》

年岁越高,读书越少。拿到一本书后,让我一口气读完的,似乎是很多年以前的事了。

上月底去好友许羽太湖的家中烧野火饭。那天春风吹拂,阳光明媚。先在义皋古镇参观了溇港文化馆,品尝了织里镇政府热心安排的湖州三道茶,然后到了许羽家中。大家兴致勃勃,在花木芬芳、颇具欧洲风格罗马回廊的许氏庄园里闲坐品茶,悠悠地闻着土灶台上飘忽的野火饭的菜香味。坐着聊天时,王麟慧老师给我们赠送了她的近作——美文集《来不及长大就老了》。书名就让人浮想联翩,我猜想文章内容一定是对流逝岁月的感叹,对人生往事的追思或叩问。

清明节祭扫祖墓回来,就坐在明亮的阳台上,泡上一壶白茶,在时而湿润时而温热的空气中,开始拜读王老师

四　乡愁处处

的大作。

《来不及长大就老了》分为5个篇章。边读边联想，用了3天读完，这可是我近年来读得最快的一本书了。王老师毕生从事媒体工作，文字功底当然让我叹服。全书的谋篇布局、语言风格、文字提炼当属一流。而全书主旨贯穿"真"与"善"两个字。书中写了多位亲人，尤其是写父亲的文章，写得真实细腻、情感深切，感染了很多读者。她的父亲是船夫出身，从旧社会到新中国，吃苦耐劳而承担着养活全家人的重任。他14岁起，就在航运公司当学徒，长时期栉风沐雨，饱经风霜。中华人民共和国成立后，他在航运单位供职，可谓任劳任怨，埋头苦干。老王热爱航运工作还富有正义感，有一次，为了抓一名逃票者，被几名小混混用石头砸伤，住进了医院。当时单位领导很冷漠，没人去医院探望，让老王深感沮丧。为了让老爸得到安慰，年轻的王麟慧竟拿起公用电话，冒充市总工会干部，向父亲所在单位航运公司问责，说他们对受伤员工漠不关心，缺乏人性，单位领导马上派人到医院看望老王。这些尘封了数十年的往事，真切地在书中披露，感人至深。王老师热爱大自然，热爱山水人文。书中描写近些年的旅游考察，以及曾经的知青岁月，那么真实感人。

与王老师相识已十多年，总感到她是一位心地善良、真诚待人、乐于助人的知识女性。书中描写的许多人物栩栩如生，这些都是与王老师曾经共事或相识的人。他们分布于社会各个阶层，无论是女兵素素，抑或是下乡时的妇女队长亚妹、优秀同学"邱童鞋"，还有栖贤寺的照光法师等。王老师都和他们友善相处、平等相待、真心相助。

如今王老师虽然已退休，还有了一对可爱的孙女、孙子，依然身兼许多文艺界的职务，依然发表作品，对文学矢志不渝。王老师是中国作家协会会员，是很多人心目中的才女。平素喜好旅游，对美食和茶道颇有研究。王老师坦诚待人，古道热肠。还在湖州市老年大学兼任教师，每周的"阅读"辅导课，她讲得有声有色。

很想抽个时间，请王老师来家品茗讲道，享受一次"茶到淡处味犹在" 的境地……

2017 年春

四 乡愁处处

文化站老同事聚会

时下,人们流行举办同学会同乡会等民间组织的聚会。我想这并非全是为赶时髦,或者是所谓的作秀。有些聚会恰恰是增进了人和人之间的了解,而那些在岁月流逝中逐渐淡化的友谊和情感,通过某次聚会再次得到了升华。

2014年,老吴兴县文化站干部成立了联谊会。约定每年聚会一次,宗旨是叙述旧时友谊和交流近来状况。我亦被列为成员之一。

2015年11月3日,叶银梅女士打来电话:本年度聚会定于6日上午在埭溪镇。我欣然答应前往,尽管我离开老吴兴县文化站干部这支队伍已经整整30个年头了,但心中依然思念那些昔日的同事,那些曾经有着很深情感的故旧。也许是人老了,总有怀旧之情,我很想在有生之年再和他们见见面。

是日天气晴和。组织者别出心裁,选在山清水秀的老虎潭水库旁,那里有名字很好听的饭店,叫"孔雀山庄"。与几位故旧坐在车内,一路观赏深秋季节的湖光山色,感受着晚秋的熟稔和厚重,心情愉悦。

老同事久别重逢,欣喜异常。30年前,为了乡镇群众文化工作这一目标,大家走到了一起。那是20世纪80年代初期,我们经常在一起学习、开会、交流。虽然那时条件艰苦,但我们犹如兄弟姐妹一般,相处得非常融洽和快乐。

那时我们都很年轻,大多在30岁左右,年纪小的仅20岁出头。忆想当年,大家都非常热爱自己所从事的工作,勤奋而艰辛地走过了峥嵘的岁月。这次相聚,见到昔日的同事容颜已改,有些人两鬓染霜,已经退休安度晚年。连当年的小姑娘沈宝凤也已当上了奶奶。聊天时,得知还有好多人已经转到了别的工作岗位。我想,如果不参加今天的聚会,我全然不知道昔日同事的变化。于是连连感叹,感叹时光之疾速,感叹岁月之无情,感叹世事之无常。大家非常珍惜今天的短暂聚会,因此,见面时并不是简单地握手问候,而是了解分别后的往事,更是注入了深深的感情和真诚的关切。午宴间,大家相互敬酒,很随意地谈天说地。下午,踩过架设在饭店旁的玻璃天桥,爬上山坡采摘红豆杉,似乎又回到了年轻时代。

聚会时,大家回忆最多、议论最多的,是当年县文化

四　乡愁处处

馆举办的各类业务培训班。那时，上级要求乡镇文化站干部做到一专多能，也就是说，文学与艺术等各方面的知识都要懂一点。因此，每年都要办上几期业务知识培训班，每期的时间都在半个月左右。地址大多选在府庙的嘉兴地区京剧团招待所内，因为属于文化系统内部单位。睡硬板床的上下铺，吃饭发早中晚的菜券，饭票根据自己需要用粮票购买。晚饭时，常常排着长队，按次序取菜打饭。

培训班的日程安排得很紧凑，很多日子晚上也有活动。培训的内容很适合乡镇文化站干部的实际需要。诸如文学方面，请来当时颇有名气的作家及诗人，如顾锡东、黄亚洲等老师授课。群艺馆的史济平老师上美术课，著名书法家李英先生上书法课，吕奇老师授课音乐知识，文化馆的胡群声等老师辅导戏剧表演知识，顾石青老师讲授摄影知识和美术字书写，程建中老师讲授曲艺创作等。大家都学得很认真，而且这些知识在工作中得到了应用。直到今天，仍有人说当年的老文化站干部都有点"三脚猫"功夫。可惜我那时有点顽冥不化，有些课程感兴趣，就学得认真些；有些课程兴致不浓，比如，乐理知识和戏剧表演课等，总要找个理由逃课。现在想来总有些内疚，感到既对不起精心授课的老师，自己也没有积累真正的本事，以致虚度人生，悔恨今天。"一事无成身渐老，一钱不值何消说"（弘一大师语）。也许我的网名"乡野闲人"更贴切，更为名副其实了。

  参加这次老同事聚会者共 27 人，大家在老虎潭畔的孔雀山庄饭店前合影留念，留住了这个时隔 30 年的难忘瞬间，留下了同事们一串长长的回味和期待。李阿庆会长宣布：明年金秋时节在南浔镇再相聚。

  临别时，人们互道珍重，互祈福祉，大有"相见时难别亦难"的感受。我也是。

2015 年 12 月

四 乡愁处处

湖城老北街怀旧

2015年的春节过得有点孤寂。农历腊月廿七从中心医院出来，就躲在湖城一僻静处养病疗伤。年初一至元宵节，天气阴雨连绵，除了发些短信和打了几个电话，几乎足不出户。虽然有妻子精心陪护，但与往昔过年的情景相比，感觉很不爽心。伤口似乎隐隐作痛，总是感慨世无良医，世无良药。

元宵节后，天气渐渐晴朗，心情也随之怡然。我踱出户外，漫不经心地四处游赏春景。春风已悄然把河滨公园的柳条吹成鹅黄色，红梅与蜡梅竞相开放。辉映在雪溪里的芳树倒影，悠悠晃荡，美不胜收。从潘公桥到衣裳街，短短几日，几乎把湖城老北门走了个遍。河畔居、米行街、竹翠苑、马军巷这些近年新建的耳熟能详的民居与小区，今天终于知道了它们的确切位置。小区冠名亦很有意思。有的沿袭了旧时地名，有的赋予了诗情画意，听起来很有文化品位。

乡的恋

我虽然是乡下人，但对湖城老北门早年就非常熟悉。20世纪60年代后期，生产队里到湖州卖蔬菜或积肥，农船大多停靠在老北门一带。那时乡下人以为，潘公桥是城里与城外的分界点，并不知道临河门内才是真正的城里。潘公桥外有轮船码头和航船码头，轮船码头有织里班、梅溪班、长兴班等。而紧靠潘公桥桥堍的即航船码头，有驶往后林、戴山的，有驶往塘甸、大钱的，有驶往白雀、南皋桥的，齐刷刷地停了一片。航船上都挂有字牌标识，临开船前，船老板总要拉长声腔绕岸边吆喝："某某班开啦！"航船都是用木橹人力摇划，早晨从乡下集镇驶出，下午原途返回。

潘公桥北侧是市陌路，旧时的老房子很是气派，马头墙高耸，尽是大户人家的景象。不远处有一座古石拱桥名大通桥，可惜今日已被钢筋水泥桥梁取代了。绕过大通桥即米行街等，老恒和酱园坊就在附近。酱园坊面积很大，四周筑以围墙，坊内尽是缸缸甏甏，酒香扑鼻，各种酱菜的味道更是诱人。河对面曾是湖州电厂和丝厂，而今被居民小区取代了，没有留下半点旧时的痕迹。

霅溪是湖城的市河，曾经船来船往，橹声欸乃。我记得当年市河上有好几座桥梁，第一座应该是新桥，旧迹至今尚存。幼年我曾经问过桥的名字，父亲告诉我那叫"新桥"。新桥堍上边，旧时有理发店，规模较大，有理发师十几人。

离新桥不远是通济桥，我们生产队的农船来湖，常常泊在通济桥堍，那里上下船很方便。通济桥现在已无踪影，新建的桥梁改名为"通济闸"，位置倒与老通济桥相近，只是闸内是乌黑的河水，无法再看见当年农船挤满的场景了。往上是老北门（临河门）城门口，幼时来湖州好像还有古城墙，"文革"期间改名"军民桥"，连同马军巷亦改名"军民巷"了。市河上还有骆驼桥和苕梁桥、仪凤桥，古意盎然，远非今日之狮象桥、务前河桥可比。

湖城老北街，给人们留存了太多太多的记忆。比如，府庙、宁长戏院（曾改名为"工农兵剧院"）、五昌里等。府庙茶馆里旋出的悠扬评弹声，老虎灶开水烧沸时的蒙蒙烟雾，大娘们在四合院里边拉丝绵边叙家常，河埠碛口总有人在洗衣、淘米、洗菜。这些情景总是萦绕在人们的脑际，让人萌生出许多莫名的惆怅。幸喜始建于明代的潘公塘桥依然存在，而且被升格为全国重点文物保护单位。近日，我数着石阶又在古桥上走了两遍，踏步石阶仍是一百级，在石阶的缝隙中，还长着野荠菜等野生草类。我想，唯有这座古潘公桥才是真正的老北街，才是湖州的古老文化。

落花流水，沧海桑田。寻觅老北门的古迹，留下一沓沓的感叹！

2015 年 2 月

病房里的感动

古语云:"天有不测风云,人有旦夕祸福。"

2014年暮秋,我在医院体检时,被发现肺上有小点点,医生要我留院观察。2015年1月25日,妻子陪我住进了湖州市中心医院。经过各种仪器检查后,还让我到九八医院做了高级CT检查。医生确认我患了肺癌,而且必须动手术。我听后一阵惊愕,隐隐之中感觉大限将临。

当我稍稍平静下来,蓦然间想到了庄周老先生"方生方死,方死方生"的誓言,心想既然肿瘤君要来,谁也挡不住,那就坦然面对吧。

负责我医疗事宜的是一位身材微胖、坦率耿直的沈医生。他与我做了细致的术前交流。当我问到香烟是否还可抽时,沈医生一脸严肃甩下一句狠话:"你若性命不要了,就继续抽吧!"听罢此言,妻子与儿子力劝我趁机戒掉香烟。该戒了吧,多活一天是一天。尽管有些恋恋不舍,但从那一天起,我真的戒了烟。相伴了40年的烟枪,自此永别。后来,我还在QQ日志中写了篇《老爷爷与小烟枪》的短文,那段对话,现在读来还觉幽默可笑。

人一旦住进医院,就身不由己了。在病房,几乎天天挂盐水,做检查,一切只能唯医生之命是从。而背后的治疗事宜,妻子与儿子根据医生的吩咐,瞒着我悄悄地进行。

手术前的一天,儿子对我说:"老爸,明天要动刀了,要到拆线后才能洗澡。下午我陪您去洗个浴吧。"在闹市区银泰城附近,有一家叫"云海水世界"的浴室,儿子小心翼翼地搀着我走进澡堂,为我洗头、擦背,还替我吹干头发,帮我穿好衣服。这种感受除了来自幼年享受父母亲和妻子的之外,还是第一次享受儿子的这样一种亲情呵。出了浴室,儿子直接把我送到了一家小酒店,说已订一桌菜并约了我的老友,大家聊聊天。儿子的安排让我突然间有了"子欲孝而亲不待"的感觉。席上,妻子与朋友却平静如旧,不向我透露半点"隐情"。

次日手术,我被推入手术室,亲人在外守候。与医生谈话间,我已被注入全麻药剂,几分钟后即不省人事。下午苏醒后,告知是上海专家主刀,是儿子特地去上海请来的,手术顺利。10天后,儿子对我说:"省里医院的报告出来了。还好,是肺癌早期。"我笑了笑说:"早期好啊。我早知道病情不会重的。"儿子却很认真地说："你又不知道，开始检查时我们都吓坏了，医生说你最多可活一年时间了。"妻子也说这是真的，医生真是这么说的。

"医生这是危言耸听！"我哈哈一笑，不以为意。

接下来的十多天，天天挂水。同村的老蒋，手术后医院为其做化疗。而我却被告知"可做可不做"，深感幸运，因为听说化疗很伤身体，所以我选择了不做。住院的日子漫长难挨，心怀慈悲的沈医生让我在除夕前一天出了医院。

春节后去复查，转到了放疗科，科主任是我儿子的朋友，轧村茹家埭人，为人随和且热心。茹医生让我做完各种检查还不放心，又让我到九八医院做了次高级CT检查。谁知节外生枝，气管里又发现了东西，需要做放疗治疗。

2016年，从草长莺飞的初春到蝉声如雨的夏天，在一个很不愿意待的地方又住了两个多月。天天放疗吊盐水，做雾化，几乎让人窒息。幸喜苍天垂怜，医生说治疗效果尚好，做完35次放疗让我出院了。

然而，命中注定我躲不过化疗这一劫。中秋时分，偶然遇到两位杭州医院的肿瘤专家，一位是杭州肿瘤医院的陈主任，另一位是浙江人民医院的吴主任，对肿瘤治疗有丰富经验。她们看了我几次透视的片子后，为保险起见，建议还要做化疗。被省级医院专家这么一说，原先不主张化疗的茹医生摇摆了。他们经过商量，决定在二院为我做7次化疗，药水配方与省医院专家共同商定，儿子与妻子也同意院方决定。尽管叫苦连天，我又"被住院"两个多月，直到2017元旦前夕才让我回家，真正体味了"无可奈何花落去"的感受。

经历了生死一劫，总有许多感动和感想。妻子寸步不离地陪伴，饮食与营养同步跟进，精神上的勉励慰藉，是我此次住院心情愉悦得以很快恢复的保障；亲戚朋友的慰问探视，妹妹做了我很爱吃的糯米团子送来，好友冰郎特地从上海送来珍贵的药物牛樟芝。上海传奇女画家陈巧巧送来了寓意吉祥、很暖心的画作和珍贵的滋补品。织里的许多朋友来医院探视慰问，足以让我感受亲情、友情之珍贵；而电话和短信的问候和聊天，又拉近了几位平素联系较少，而且远在异地的朋友之间的距离。

与死神擦肩而过，冥冥之中得到亲友的虔诚祈祷。常进法师说，我在观音菩萨面前，为您做了祈福，驱除了孽障，保佑您平安无恙。银梅女士说，我与死神进行了交涉，说老徐还有很多事要做，不能就这么被你们拉去了。名医徐振华（毛先生）与唐家华老先生每周打来电话，让我倍感温馨。

乡的愁

　　还有出乎我意料的收获,竟是一位忘年交的女教师,别出心裁地把我多年前撰写的散文配乐制作成音频传来,并附了一段很美的、有点让人沉醉的文字:"夏至未至,这样的一个灰蒙蒙的傍晚,就跟随我,一杯茶,一本书,一起走进徐先生的作品《记忆滨湖古镇》,今天跟您分享的是一篇怀旧散文《水乡茶树》。"诵者是她的学生,一个朗读爱好者,现供职于织里镇宣传科,音色和音质都很好,除了节奏上尚未完全把握外,那篇文章的意境和层次都表达到了。病房中能有如此收获和享受,让我感动不已。

　　"最多还有一年时间可活了" 的恐怖断言尚在耳边回旋,可是我的生命却走过了3年,而且还在向健康方向缓行,也许是心态所致,也许是医疗效果。我觉得,赚来的生命应该感恩。感恩天地,感恩祖先,感恩亲人,感恩朋友,感恩未来的岁月……

2017 年初冬补记

四 乡愁处处

东湾兜村的记忆

编纂成初稿的《东湾兜村志》因故未能出版,无疑是一件非常遗憾的事情。但我觉得还应写一篇记述这个村子的文字,以释久久浓积于胸中的情愫。

这曾是一个非常美丽而宁静的水乡小村庄,是我走上社会的第一个驿站,曾经在这里工作了整整10个年头,在这块土地上洒落了自己的青春与梦想。我熟悉当年村子里的每一条小路,熟悉那一湾清澈如镜的小河,更熟悉一个个如今已上了年岁的村民。

1969年4月,不满20周岁的我来到时称"杨湾大队"的村庄,担任大队会计。

那时还是"文革"的前期。杨湾大队则是织里公社有名的穷困村,由4个自然村和1005亩农田组成。大队办公室设在莲花兜底头的庙里,清同治《湖州府志》记载此庙原名"莲花庵"。办公室很是简陋,两张很古老陈旧的桌子、一把算盘、一部手摇的电话机，还有原先村里道士班遗留的两个古色古香的木箱子，用于存放账册和传票。

隔着一座小院，前面是大队的小学，邱宣英与陶美华两位老师执教 1—4 个年级的复式班，学生有七八十人，后来还有钱根娣老师也任教。如今忆起这琅琅书声和嬉笑玩闹的童趣，似乎又回到了那个年代的情境。学校后面有个很大的天井，三间平屋中的一间是合作医疗室，沈爱珠和周淦民担任赤脚医生，他们还自己种植中草药。另外两间分别是生产队长会议室、办公室。大队会计是很繁杂的工作，各种会议通知、管理户口档案、出具各类证明、财务账册、年季收益分配等，天天与村民打交道。当时杨湾大队有 10 个生产队，我至今尚记得 10 个生产队长的姓名以及他们的容貌，一队队长姚炳元，二队队长闵水江，三队队长陆阿玉，四队队长吴兴宝，五队队长侯团毛，六队队长李顺林，七队队长李六林，八队队长黄集才，九队队长黄永桂，十队队长黄阿木。

1969 年秋，杨湾大队紧跟"文革"形势，成立了大队革命委员会，由黄细毛、李梅江、陈梅林、钱火林、侯阿三、沈爱珠、闵央毛 7 人组成，并易名为"红丰大队"。那时大队无经济来源，靠收生产队的"上交款"维持日常开支，我每月 30 多元的工资也常常被拖欠。1970 年冬，红丰大队合并入织里大队，我亦随迁到织里老街西村办公。但是，

四 乡愁处处

我较多时间负责"红丰片"的工作,跟老杨湾大队的人经常打交道。久而久之,结下了很深的情谊,至今还和侯国民、郑铸荣、侯六寿、钱和宝等人保持着友好的关系。

我初到杨湾大队时年仅20岁,离开时已过了而立之年,可以说在这个村子里留下了最美好的青春记忆,后来的漂泊人生犹如白驹过隙,真是感慨万千。

查阅地方志,这个村庄在清代称作"西杨村"。民国年间,有"杨湾莲花兜,讨饭用箩头"的民谣,听了让人很是心酸。如今的东湾兜村是闻名遐迩的富裕村,尤其是村里的养老事业独秀于林。为了留住村庄的记忆,我在沉湮已久的岁月中,打捞起一段段故事并记录成文字。我想,这部暂时不能出版而尘封在村部档案室的"村志稿",若干年后,或许就是东湾兜村的历史文献,或许是专家们研究农村变迁的珍贵史料。

这是我人生晚年对东湾兜村的一段很短的美好回忆,而在我的个人文字库中,应该有个编修东湾兜村志的简略记述。虽然时过3年多了,许多情景总是无法抹去。那年,如今已百岁高龄的吴阿平老人认真回忆,很清晰地讲述了许多民国年间的旧事;年逾八旬的陆水林、钱坤宝等老翁回忆了那些鲜为人知的历史人物以及历史事件。在多次座谈会上,老党员和老干部们认真回忆东湾兜村的历史大事,各个时期的村干部、生产队长名单,为编好村志提供了基本资料。

编纂史志有"存史、资政、教化"的功用,自然得到村民的广泛关注、支持。走访中,许多陈年旧事在他们的记忆中重新浮现。吴惠民先生,20世纪70年代毕业于杭州师范学院,是东湾兜村走出去的第一位大学生。他得知村里编纂村志后,短期内就撰写了《古庙里的小学》的回忆文章。从在古庙里读书到回古庙小学执教,细致入微的情节描写,字里行间渗透着对故乡的眷恋之情。20世纪70年代曾经插队于此4年多的谭瑞宗女士,杨湾村可是她的第二故乡。她特地撰写了《我与红丰大队的知青情结》一文,深情地回忆了自己所经历的那段不同寻常的岁月、与农民结下的深厚情谊,是一篇真实反映知青生活的好文章。她还献出一张珍藏40多年的老照片,为村志提供了一份难得的图片资料。文章不久即被《湖州晚报》和《南太湖》杂志刊登。

"众手修村志,直笔著青史。"村中文化人郑铸荣凭着一腔热情和记忆,绘画了旧时村庄布局平面图,书写了对村庄寄托美好祝愿的书法。村老党支部书记侯六寿已年逾八旬,见证了东湾兜村从民国年间到改革开放大半个世纪的沧桑变迁,他不仅撰写了印满沧桑的回忆文章,还提供了保存多年的历史性文件和照片。老艺人钱团毛凭着自己

四 乡愁处处

极强的记忆力，口述了曾经在村里流传数代而面临失传的民间歌谣。年逾古稀的蒋明珠老人回忆了"大跃进"年代名扬全公社的"杨湾七姐妹"事迹，以及捻河泥、掮谷桶、深夜割稻不留名，上广播、排文艺节目等往事。她心情激动，似乎又回到了那个火热的年代。

每一座村庄都蕴藏着一部自己的历史，每一位村民都有一串难以忘怀的故事。村志选编了9位村民的回忆文章。按不同年代、不同身份，以个人所经历的各个时期，记述发生在东湾兜村的历史故事。无论是沈爱珠的赤脚医生岁月，还是陈梅林关于杨湾大队办文艺宣传队的故事、侯团毛当多年生产队长的回忆，他们都曾亲历亲见亲为，因此文字朴实，感受深切。

东湾兜编修村志同样引起了外界的关注和支持。《人民日报》原副总编辑周瑞金先生欣然作序。浙江省建设厅厅长谈月明对东湾兜村有着质朴的感情，甲午年冬即为村志题写了书名。湖州书画艺术界的朋友用艺术作品为村志增光添彩，著名画家刘祖鹏题赠了《东湾春色》的国画，尽展江南水乡的昔时风光，勾起读者的缕缕乡愁。高宝平先生即席吟小诗一首并书成作品赠送。邱鸿炘老先生在炎炎夏日为村志题词，而青年书法家杨建民老师题赠的贺词更是洒脱飘逸。马青云教授录写的古诗则清新婉丽，寓意深长。

乡的愁

"未觉池塘春草梦,阶前梧叶已秋声。"自从第一次踏入这个村子到今天,前后相隔了近半个世纪。俱往矣,当那清澈明净的小河变为宽敞繁华的街道,当那成畦的稻田变成了大厦高楼,留下这篇短文和这些记忆,纪念这个无法忘却的村子。

2017 年秋

时光在小镇那条悠长的路上

把青山荡漾在船头

船那边是小楼

船这边是老去的乡愁

看那青山悠悠

萦绕在心头

那小桥的绿水

谁也载不走

——主编/悟澹

五 屐痕山水

放眼苍茫浔水边,葱茏四百瞬间旋。

鄱阳湖渺飞瀑远,仙迹洞迷青树寒。

花径可寻乐天影,碑亭尚遗子瞻颜。

何须尽识山中面,难得老夫一笑闲。

——《雨中登庐山》

拜谒辛亥英烈墓

8月28日，农历七月十五，中元节。在杭城亲戚林秀大姐母女的陪同下，我专程拜谒了位于西湖景区南高峰下的辛亥英烈墓群。

车沿杨公堤南行不久，右拐即驶上了蜿蜒狭长的龙井路。是日秋高气爽，公路两旁有参天古树，更有成片的龙井茶树。路上车辆稀少，不一会就驶到了中国茶叶博物馆门口，我向一位守门的老人打听，被告知再往上开200米，即浙江辛亥革命纪念馆。

纪念馆傍山而建，满目葱翠，风光秀丽。步下车后，由孙中山先生题写"国魂不死"的纪念碑高高耸立眼前，右侧是"浙江攻克金陵阵亡将士"合葬墓。纪念碑下，是一组英烈雕塑。陵园面积不是很大，我在徐锡麟、陶成章、马宗汉、沈由智、杨哲商等英烈墓前，行鞠躬礼并阅读烈士简介，敬仰之情油然而生。他们牺牲时，大多数人的年龄在30岁出头，有的还不到30岁，如陈伯平年仅25岁就

五 屐痕山水

为国殉难。他们用自己的青春和鲜血,推翻了千年封建帝制,他们的形象光昭后人。浙江辛亥英烈墓群已被列为省级重点文物保护单位和爱国主义教育基地。

我此行的目的是拜谒姚勇忱墓,2015年7月是姚公殉难100周年。在纪念馆工作人员的指引下,我们跨上几级石阶,来到了姚公墓前。我们恭敬地向英烈行三鞠躬礼,默默绕坟墓环行了一周。这时阳光照射上来,恰似给墓冢涂上一层金色,墓碑后刻着蔡元培先生为姚勇忱题的词——"生死付常,湖山无恙;智勇俱困,天地不仁" 和柳亚子先生的悼诗。纪念馆工作人员告诉我,辛亥英烈墓群在20世纪90年代,由杭州市园林文物局建造,姚勇忱墓2006年从茅家坞迁来。英烈墓群及纪念馆参观的人员平时也不少,主要是学校和单位组织参观。清明等节日人数众多,比如,姚勇忱的侄孙姚亮每年都来祭扫。

10年前,因编写古镇文史集《人文织里》,我撰写了传记文学《辛亥革命志士姚勇忱》。而在此前,我并不知道姚氏为何人,更不知道他是吴兴织里人,是我们的同乡。通过查阅资料,走访老者和姚公后人,终于梳理出姚公的生平轨迹。由于时日久远,觅得资料极其困难,起初在织里附近有姚姓的村庄走访,村民都不知道姚勇忱其人。后来在八旬老中医徐振华处访得些线索,并与姚勇忱堂侄姚觉先生取得了电话联系,因此有了拜访烈士亲属的机会。

那是个非常炎热的夏日，友人许羽驾车，我与老中医夫妇去江苏同里拜访了姚觉老先生。3位老人年轻时就相识，这次相见非常高兴。姚觉先生除了给我们讲述大伯的事迹和叙旧外，还给了民国年间有关姚勇忱的文字资料和几幅旧照的复制品，这些都是非常珍贵的历史资料。徐振华先生夫妇2015年已九旬高龄，依然健在。而姚觉老人已多年失去联络，不知现今是否安好。

姚勇忱是值得家乡人民自豪的。他早年参加光复会、同盟会，与秋瑾、王金发共同谋划推翻满清政府。辛亥武昌首义，姚任中部同盟会会长，协助陈英士光复上海，不久又光复杭州。中华民国临时政府成立，姚勇忱被选为国会参议员。"二次革命"时，姚率先发出"讨袁"通电，遭袁世凯通缉而被迫逃往日本。1915年被诱骗回国，宁死不屈，同年7月2日，被杀害于杭州陆军监狱，英年35岁。铮铮铁骨，气壮湖山。

辛亥革命纪念馆就在英烈墓群的后侧。纪念馆内容分"钱江涌起革命潮"等5个部分，陈列着许多珍贵的历史照片和文字，还有许多珍贵的历史文物。英烈的事迹真是可歌可泣，其中许多人当时只要稍微低一下头，就可以保住生命，还可以高官厚禄。比如，秋瑾、徐锡麟，也包括姚勇忱、王金发，但他们义无反顾，选择了慷慨赴死！

祭奠完英烈墓，完成了我多年来的一个夙愿。离别了英烈长眠之地，我一路沉思，脑海里翻腾着那个年代、那些书写中华历史的人和事。

2015 年夏

游走三峡

以山水秀险雄著称的长江三峡,早已成为我意欲往之的心仪之地。癸巳夏至前夕,我们自约结伴,踏上了为期5天的三峡游程。

清晨在太湖之滨的无锡火车站登上动车,至湖北宜昌已是下午3时。参观完中华鲟展览馆,晚餐后,登上维多利亚凯蒂号游轮,三峡之旅徐徐启航。

一江碧涛,两岸青峰。山水似诗如画,如此多娇。在三峡人家景点,陡峭的江岸边,忽然传来一阵嘶哑悲憾的号子声。几位赤身裸体的纤夫正在烈日下弓腰前行,纤绳在江面上悠悠晃荡。古时长江纤夫的形象,在游客眼前真实展现。我们缓缓走入景区,沿着蜿蜒的山道前行。溪水清澈如镜,渔姑撑着花伞,唱着古老而优美的山歌,欢迎四方游客。水里鱼翔浅底,树上野猴蹿跳,让人心情豁然开朗。景区特地为游客安排了一场土家族民间婚礼,唢呐开道,花轿迎亲,民俗味道浓郁。

五 屐痕山水

三峡大坝位于西陵峡，是举世无双的宏伟工程。历时十几年，移民百万，国家耗资1800亿元，其功能是防洪发电，造福人类。游轮过闸，从晚上7时到10时，经过五道闸门，才能到达落差100多米的上游。翌日游览三峡大坝，虽然气温高达40摄氏度，可是景区设施完备，上到顶点都有电梯，并不感到那么吃力。"更立西江石壁，截断巫山云雨，高峡出平湖。"举目瞩望，雄伟大坝和长江景色尽收眼帘，让人感叹不止。

"曾经沧海难为水，除却巫山不是云。"游轮过巫峡，是第三天的早上7时许。我们一清早就登上船顶，等待一睹那美丽的神女的芳容。神女峰是巫山十二峰之最，传说是古代西王母之女瑶姬的化身。朝阳挂在高高的峡谷，游轮在湍流中转了个弯，导游向我们介绍，前面的山峰就是神女峰了。游客们一阵欣喜，纷纷把镜头对准了高耸的山峰。烟雾朦胧，神女隐隐约约地向我们撩开了美丽的面纱，这是一幅多么奇妙的景观啊！此情此景，我不由想起了舒婷曾经写下的凄美诗句："美丽的梦留下美丽的忧伤，人间天上，代代相传……与其在悬崖上展览千年，不如在爱人肩头痛哭一晚。"

长江小三峡，依次是龙门峡、巴雾峡、滴翠峡，颇有其独特景色。坐在小小的木船上，穿游于清波急流中，听戴蓑笠的船夫唱古老的情歌，看山崖上被称为"千古之谜"

的悬棺，渐入深远的思绪中。

白帝城之闻名于世，缘于三国刘备托孤的悲怆故事和诗仙李白《朝发白帝城》美丽而奔放的诗句。步上两百余级石阶，郭沫若老先生题写的"白帝城"三字竟如此逸秀洒脱。白帝城三面环水，在这里观看"夔门天下雄"的胜境，则是独一无二的位置。历代诗人登临游览时，曾留下大量脍炙人口的诗篇，因此这里又有"诗城"之美称。城内有白帝庙，留存许多古迹，塑有刘备托孤的故事等。更令人惊叹的是，庙内存有隋唐以来的碑刻70多块，其历史文化价值无以估量。骄阳盖顶，汗水涔涔，本欲雇顶竹轿上山，怎奈妻子竭力阻止，使我失去了一次坐滑竿的享受，至今仍感遗憾。

曾经在《西游记》里读过丰都鬼城里的场景，幼时也听祖母讲述过"奈何桥""望乡台"的故事，总有一种阴森恐怖的感觉。今天游览丰都，牛头马面，生死判官，在冥界之地着着实实走了一遍，竟萌生出许多感慨。在阳间行善之人受到优厚待遇，而作恶者则下18层地狱受尽惩罚。这当然是封建时代维护统治的需要，也是人们惩恶褒善的愿望。回到游轮，情不自禁地向诸位朋发了如下短信："今天进丰都城，渡奈何桥，闯鬼门关，走黄泉路，上望乡台，登阎王殿。穿过六道轮回，终又回到阳间。哈哈！"随即收到了许多回复，马红云老师写的是："开心啊！幸福啊！"

吴团宝先生更为风趣："呵呵，那就永驻人间，不要再去丰都城了！"

游程将终，凯蒂号船长特于晚上举行欢送酒会。中外游客欢聚一厅，频频举杯互致祝福。第五天登山城重庆，匆匆游览了渣滓洞、白公馆、洪崖洞等景点，下午乘机返回家乡。

三峡之旅，尽享祖国山水之美、文化之深博、旅途之快乐。游走三峡，优哉快哉！

2013年6月23日草就

港澳印象

港澳之行，缘于一次机会。2009年冬，钱江报业集团组织读者团赴港澳观光旅行，我们有幸被邀入列。

中国香港、澳门，到这块地方走一走，是我一个很大的愿望。

在深圳驰往罗湖海关的旅游车上，导游不厌其烦地提醒我们，到香港后必须注意的事项。譬如，市区不准吸烟，通行证必须随身携带，云云。

香港之行安排了3天旅程，由香港当地导游带领。大多旅游景点让人感到满意且快乐，而令我颇为烦恼的是其中的几次购物活动。

紫荆广场、浅水湾、黄大仙祠、夜游维多利亚港，让我们饱览了港岛的美丽景色，领略了深厚的历史文化。豪华游轮在香江的夜色中缓缓穿行，两岸霓灯闪烁，色彩斑斓，仿佛进入神话般的世界。尤其在黄大仙庙，这座在香港号

五　履痕山水

称规模最大的宗教场所，游人如织，信徒云集。我望了一下仅仅是一块小牌子的"大仙神位"，细细品味那幅悬挂着的"叱羊传晋代，骑鹤到南天"的对联，怀着好奇之心查阅了此神的来源。黄大仙称为赤松仙子，原名黄初平，东晋时浙江金华人，8岁即牧羊于赤松山。15岁遇道士善卜，修炼40年得道成仙。行医济世为怀，有求必应。20世纪初，道士梁仁庵等，在广东西樵山普庆祖坛奉接赤松仙子宝像来港。最初，他们在湾仔开坛阐教，奉拜赤松仙子。1921年，经仙人指点，选择了九龙狮山下的龙翔道建祠。后来，信众渐多，香火逐盛，成为港九著名庙宇之一。经过几十年的悉心经营，殿堂金碧辉煌，建筑雄伟，整个庙宇占地18000多平方米。黄大仙祠又名"啬色园"，创建于1945年，是香港九龙有名的胜迹之一，在本港及海外颇负盛名。

香港的马路较窄，房屋却多是高层，有些地方难免让人觉得有点压抑。环境卫生管理十分严格，无论在马路还是商店，都严禁吸烟。我的烟瘾虽大，但到了这种地方也只得入乡随俗，不敢轻易造次。而到了设有"吸烟区"标志的地方，老烟瘾们往往接连吸上两三支。旅游团住的宾馆较好，可能是三星级吧。但伙食却不对胃口，香港人讲究健康，饭店里的菜肴不放调味品，食之无味，但也无奈，只能照吃不拒。

游罢香港乘轮船赴澳门。一清早在码头上等候了近两个小时,而海上行程仅半个时辰。与称为"东方之珠"的国际化大都市香港相比,我觉得澳门这个昔日的小渔岛更能激起人们的游览兴致。接待我们的澳门本地导游姓白,一个40岁开外的中年女人,看上去从事导游业已经有些年头,极显老到成熟。都说导游宰客,在香港已尝到了苦头。譬如,导游把我们带进珠宝店"关"上几个小时,在车上强行推销纪念品,等等。而这个白导游却干脆利索,她让我们先上车,做了简单介绍后,随即说:"行程很紧,大家不希望我花费许多时间去逛商场吧?160元,每人买一块纪念表。"习惯了被香港导游软缠硬磨之后,大家倒觉得白导游爽快,于是纷纷买表。

澳门游览的景点有大三巴牌坊、古炮台、渔人码头、葡京酒店、妈祖阁、威尼斯赌城等。较之于香港,其中几个景点让我难以忘记。

大三巴牌坊,是澳门最具代表性的名胜古迹。1580年竣工的圣保罗大教堂的前壁,融合了欧洲文艺复兴时期和东方的建筑风格,雕刻精细,巍峨壮观。据说当时造价花费白银3万两。经受了400多年的岁月风雨,仍巍然屹立,傲视世界。而澳门的许多文化活动都在牌坊下举行。我们踏上68级石阶,仰视牌楼上的浮雕艺术,不免发出阵阵惊叹,其震撼力是那么的强烈。牌坊内侧广场是艺术博物馆,馆内收藏了澳门教堂和修道院颇具代表性的画作、雕塑等,当中最珍贵的是一批以宗教生活为题材的油画。据导游介绍，这是远东的第一批画作，也是东方最古老的油画。隔壁的墓室更存放着日本和越南殉教者的遗骨，墓室平地而建，有些遗骨隐约可见。在玻璃通道上踏过，心中难免有点悸怵，而它却展示着澳门的宗教历史。

中午游览妈祖庙。妈祖庙位于澳门南端的妈阁山西麓，创建于明朝弘治元年（1488），由居澳的福建同乡创建，供奉护航海神妈祖。山门处建有"南园波恬"的牌坊。寺庙主要殿宇包括大殿、石殿、弘仁殿、观音阁等。庙内保存有洋船石、海觉石、蛤蟆石等文物古迹。其中，洋船石上刻有一艘中国古代出洋的三桅海船，上书"利涉大川"4个大字，这是妈祖自福建家乡来澳门乘坐的海船。每年农历三月廿三妈祖诞生日，妈祖庙都要举行大型祭祀活动，向信众提供食用斋菜以及连续3天的神功戏。我们在妈祖神像前虔诚地烧了3炷香，更感叹妈祖的功德，当受人们敬仰而香火永盛。

澳门博彩业是澳门特别行政区政府许可的行业，而且占了他们财政收入的很大比重。游客踏上澳岛，总要去赌城看看。导游介绍全岛有大小赌馆有50多所，最负盛名的是萄京酒店与威尼斯赌城。新萄京酒店的顶端金碧辉煌，状若鸟笼。据说寓意赌徒犹如小鸟钻进了笼子，意蕴深刻。赌城内人流熙攘，而大多是游客。场内免费供应咖啡和点心，人们尽可品尝。威尼斯赌城据说是美国人创办的,规模很大。二楼上的人造天空,几乎让人真假难辨,我们上去时是午后,二楼却明月悬空,星星闪烁。那些人造景观更具匠心,小桥流水,舟楫摇荡,桨声欸乃。商场多售名牌物品,价格昂贵,大多游客匆匆而过。

在澳门,会见了久违的故旧侯女士。20多年前,因诗文交流相识于沪上。因为有她的电话号码,前一天晚间在香港的旅馆试着拨打竟然通了,她很热情地邀请我们在澳门见面叙旧。侯女士原是教师出身,命运坎坷却坚强面对生活。那天傍晚,电话联络后,她很快开着奔驰轿车,来接我和妻子等4人到饭店就餐。侯女士点了一桌丰盛的菜肴,我们边吃边聊。席间,得知侯女士在澳经营家私城和地产中介,还在珠海经营生意,几乎每天往返于澳门和珠海。她还告诉我,虽然忙碌,但每周还在澳门大学兼了两节课,讲的是哲学和工商管理。她说喜欢当老师上讲台,这样自己的生活更充实。晚上,侯女士热情地陪同我们游览了金莲花广场,观看了色彩斑斓、气势壮观的喷泉。在水族馆里欣赏美人鱼表演等等。而当我踏进那座金砖铺就的豪华门厅时,内心却有一种莫名其妙的感受,在如此豪华的背后,我甚至感到这个世界有点说不清楚的沉重或者是悲哀。

离别澳门时,朝阳正在冉冉升起,海波里飘着一朵一朵彩霞,如同在向我们挥手致意。我很喜欢澳门,因为这里的海风很清新。而让我记忆深刻的是这里孕育了人民音乐家冼星海,一曲《黄河大合唱》的旋律曾经点燃了中华民族的满腔热血。

香江澳岛,南国风情。时隔三载,补而记之。有的清晰,有的模糊。

2013 年春月

踏遍南粤访丛林

——吴兴区佛教协会参访团考察广东寺院文化纪行

南粤古刹，岭南佛门。

2012年5月22日至27日，吴兴区佛教协会参访团一行22人，参观考察了广东名山佛寺。我应邀随团参访，经历了一次撼人心灵的佛缘之旅。

深圳弘法寺地处改革开放的前沿阵地，毗邻港澳地区，面向东南亚。1985年建造，是中华人民共和国成立后，国内兴建的大丛林，也是深圳地区香火最为鼎盛、规模影响最大的佛教寺庙。2012年4月2日，禅坛泰斗本焕长老在弘法寺圆寂，106岁。参访团观看了长老的生平及其为佛教事业做出的奉献，瞻仰了长老灵骨的水晶盒，发出阵阵感叹。一位居士告诉笔者，长老圆寂后的日子里，有数十万民众自发到仙湖悼念。"大德一生，早拜五台，精研三藏，厥功已著归净土；高龄十秩，广施四宇，普济八方，何日重来渡众生",一副挽联高度概括了长老一生的善德,凝聚了民众的追思怀念之情。

千年古刹云门寺就位于韶关乳源县城东北的慈悲峰下。这里青山环抱,树木葱翠,溪水淙流。层叠的殿宇依山而建,11层高的宝殿凌霄耸立,钟声悠扬飘忽,宛如仙境。云门寺性国法师在客堂用禅茶招待参访团成员,介绍了寺史和高僧大德。尤其让人惊叹的是寺内1992年创建的佛学院,现有学员160多人,设教理、禅修、梵乐、律学4个专业,共7个班。其中一个班是各地寺院收养的孤儿,年龄在10岁左右。院方专门为这些孩子开设了基础文化补习班。地方政府亦非常重视佛教事业,专门拨给200多亩土地,供学院自耕自种,自食其力。我们看了菜园里的蔬菜,品种繁多,碧绿成畦。性国法师还告知,菜园按班级划分,还有100多亩水稻,全校师生共同耕种。已故云门寺方丈佛源长老,生前为佛学院倾注了大量心血。

南华寺是惠能法师的弘法道场,始建于南朝梁天监元年(502),初名"宝林寺",是天下南禅的祖庭。南华寺背倚曲江宝林山,面对曹溪河。千山围绕,一觉顿开。一水潆回,迷津普度,实为岭南大丛林。惠能大师驻锡宝林寺30多年,启曹溪法脉之源头,广开禅门,徒众云集。此后,座下40多名嗣法弟子各居一方,成为宗主。据地方史志记载,清代曾有曹溪高僧到乌程晟舍利济禅寺讲经传道。

南华寺内不仅陈列了历代禅宗宗师画像和功德，还为当代高僧建造了祖堂。

"坐阅五帝四朝，不觉沧桑几度；受尽九磨十难，了知世事无常。"虚云大师民国时期住持南华寺10年，历尽艰辛，功德卓然，南华寺特为大师建殿塑像供奉。

大佛古寺位于广州市繁华地段越秀区，始建于南汉时期，至今已有千余年历史，在清朝顺治至乾隆年间曾兴盛一时，是岭南有名的佛教名胜古刹。参访团一行踏进古寺，即被虔诚的信徒所感染，他们或长跪蒲团，或闭目诵经。梵音悦耳，香烟缭绕。而最让人惊叹的是寺内的图书馆。2000年9月，广东省第一家面向社会开放的现代化佛教图书馆在大佛寺正式成立。2003年，省立中山图书馆将此馆列为"广东省立中山图书馆佛教分馆"。已故云峰长老曾为图书馆题写对联："阅经书念法典常使本性安详，观佛图想慈容深感身心自在。"

大佛寺图书馆位于寺院东侧，占地664平方米，已经成为广州这个繁华都市里的一方净土，是工作生活日趋紧张的现代人心灵休憩的绿地家园。馆内不仅典藏丰富，还配置了一流的现代化电子设施，网上网下，均可畅游书山法海。此外，还定期开展一系列弘法利生活动，如迎请高僧大德讲经开示，举办各类佛学班，开辟网上佛学论坛，设置佛学疑难解答留言簿等,真正做到了集阅览、视听、刻录、流通、传讲、检索等多项功能于一体,深受广大信众欢迎。

大佛寺非常隆重地接待了吴兴佛协参访团。中午设素宴时,特地派了一名上海籍的法师招待。临别时,还向大家赠送由叶选平题写刊名的寺办杂志《如是雨林》合订本。

"晋朝胜迹,百粤名蓝,仰圣树擎天,千古白云连珠海;祖道传心,万灯续焰,看雨花匝地,当年虞苑接祇园。"这是题写在广州光孝寺大雄宝殿上的一副楹联。读着这副对联,就能感受到一种深重的历史文化内涵。广东省佛教协会就设于光孝寺内。院内殿宇雄伟,佛像庄严,古木参天。还藏有大量珍贵文物,1961年就被公布为全国重点文物保护单位。参访团成员边听知客法师介绍,边观赏寺院景色。在乾隆年间种植的菩提树下,大家合影留念。而启动于2006年的光孝寺禅修班,更是令人感慨不已。禅修班大堂设在大雄宝殿右侧,数百平方米的建筑,清一色的佛教信徒鱼贯而入,殿门诵经,秩序井然。堂内梵音萦绕,清香溢鼻。知客僧告诉我们,目前自愿报名参加禅修班已3000多人,分成7个班,每日一班,昼夜不息。光孝寺有4000多名义工,寺方对义工的年龄、受教育程度及专长都有规定。义工们利用休息日协助维护秩序,管理图书,照顾老残香客和游客。义工队伍成了佛教场所一道亮丽风景。

5月27日参访团结束旅行。登机前的中午,在光孝寺食素面,原定下午到市内购物,天空忽然下起了大雨。大家在殿宇廊檐观雨赏景,感受雨声禅意,似乎真的进入了佛门的境界。

2012年6月